Gina Mayer

Pferdeflüsterer-Mädchen

Rubys Entscheidung

Gina Mayer

Pferdeflüsterer Mädchen

RUBYS ENTSCHEIDUNG

Band 1

Mit Illustrationen von
Florentine Prechtel

Ravensburger

MIX
Papier | Fördert gute Waldnutzung
FSC® C111262

3 5 7 6 4

Text © Gina Mayer
Vermittelt durch die Literaturagentur Arteaga, Berlin

Illustrationen © Florentine Prechtel

Coverzeichnungen: Florentine Prechtel
Umschlaggestaltung: Birgit Gitschier, Augsburg,
unter Verwendung von Bildern von
© horsemen / shutterstock (Pferd);
© Andrey_Arkusha / AdobeStock (Mädchen);
© Andrew Mayovskyy / Shutterstock (Landschaft, Berge);
© ValekStudio / Shutterstock (Textur Lichter);
© Paladin 12 / Shutterstock (Textur)

Printed in Germany
ISBN 978-3-473-40470-4

ravensburger.com

Inhalt

1

Der erste Tag

„Wieso ist hier niemand?" Ruby rüttelte noch einmal an der Türklinke, aber der Raum A 32 war eindeutig verschlossen. „Ist das überhaupt das richtige Zimmer?"

Hektisch kramte ihre Tante Leslie den Brief von der Schulleitung aus der Tasche, der vor ein paar Tagen angekommen war.

„Ja", keuchte sie atemlos. „Da steht Raum B 32."

„B", wiederholte Ruby. „Nicht A. Wir sind im falschen Gebäudeteil."

„Ach, Mist!" Leslie schlug sich mit der flachen Hand vor die Stirn. „Hab ich glatt verwechselt. Komm schon, das schaffen wir noch!"

Sie stürmte los und Ruby raste hinterher, den langen Flur hinunter zum Westflügel der Bickerick Primary School, die Ruby ab heute besuchen sollte.

Als sie im Treppenhaus waren, erklang der Gong. Die wenigen Schüler, die sich noch in den Gängen herumgedrückt hatten, waren verschwunden, der Unterricht hatte begonnen.

Ruby liebte ihre Tante heiß und innig, aber in diesem Moment hätte sie Leslie verwünschen können.

Noch wütender war sie jedoch auf sich selbst. Sie wusste schließlich, wie chaotisch Leslie war. Warum hatte sie die Angaben in dem Begrüßungsschreiben nicht gecheckt, anstatt sich allein auf ihre Tante zu verlassen?

Das hatte sie nun davon: Sie würde gleich an ihrem ersten Tag in der neuen Schule zu spät kommen.

Als sie das richtige Klassenzimmer endlich gefunden hatten, waren sie beide nass geschwitzt.

Nachdem Ruby angeklopft hatte, strich Tante Leslie ihr schnell die langen braunen Haare glatt und zupfte ihre Schuluniform zurecht – ein dunkelblauer Blazer über einer weißen Bluse und ein karierter Faltenrock. „Der erste Eindruck ist entscheidend."

Ruby zog eine Grimasse. Ganz genau. Deshalb war es ja auch gut, wenn man am Anfang zumindest pünktlich war.

Plötzlich schwang die Tür vor ihr auf. Eine rundliche Frau mit roten Apfelbäckchen stand auf der Schwelle.

„Na, wenn das nicht unsere neue Schülerin ist", sagte sie und strahlte Ruby an. „Ich bin Mrs Blunt. Herzlich willkommen in der 4a!"

Es war ätzend, die Neue zu sein. Achtundzwanzig Augenpaare starrten Ruby an, während Mrs Blunt sie vorstellte.

Tante Leslie hatte sich sofort wieder verdrückt, aber immerhin hatte sie der Lehrerin noch erklärt, dass sie schuld an der Verspätung war.

„Ruby kommt aus Berlin und ist gerade erst nach Cornwall gezogen", sagte Mrs Blunt jetzt. „Zum Glück spricht sie schon Englisch. Deine Mum ist Engländerin. Oder, Ruby?"

„Das stimmt." Rubys Stimme klang dünn und wackelig, weil sie aufgeregt und immer noch außer Puste war. „Sorry, dass ich zu spät gekommen bin."

Ihrer Mutter wäre das nicht passiert. Laura Finnegan war das genaue Gegenteil ihrer chaotischen Schwester. Sie war zielstrebig, zuverlässig und stets pünktlich. Leider hatte sie ausgerechnet heute ein Vorstellungsgespräch in einer Bank in Plymouth und konnte Ruby an ihrem ersten Schultag nicht begleiten. Deshalb war Leslie eingesprungen. Allerdings war sie am Morgen schon zu spät aufgekreuzt, um Ruby abzuholen. Tja, und dann waren sie auch noch zum falschen Raum gerannt.

„Das ist doch kein Problem", sagte Mrs Blunt. „Am ersten Tag ist es immer schwierig, sich zurechtzufinden."

Ruby bekam einen Platz in der ersten Reihe neben einem Mädchen mit kurzen blonden Haaren und einer runden Nickelbrille.

„Amanda wird dir alles zeigen", versprach Mrs Blunt. „Und mich kannst du natürlich auch jederzeit fragen."

Sie unterrichtete Englisch und es war ganz schön kompliziert, ihr zu folgen. Es gab so viele Wörter und Fachbegriffe, die Ruby noch nicht kannte, auch wenn sie mit ihrer Mutter immer Englisch gesprochen hatte. Als es endlich zur großen Pause läutete, schwirrte Ruby der Kopf vor Anstrengung.

„Komm, wir gehen raus", sagte Amanda. „Dann lernst du auch die anderen kennen."

Auf dem Pausenhof standen sie alle um Ruby herum und blickten sie so neugierig an, als wäre sie Amandas neuer Hund. Zumindest versuchte keiner, sie zu streicheln.

„Wieso seid ihr nach Bickerick gezogen?", wollte ein rothaariger Junge namens Simon wissen, dessen Gesicht über und über mit Sommersprossen gesprenkelt war. „In Berlin ist es doch viel cooler als hier. Wir waren im letzten Sommer da, ich fand es mega!"

Was sollte Ruby darauf antworten? Natürlich war Berlin cool. Aber dort war es eben auch viel lauter und hektischer als in Cornwall. Ruby war gleich begeistert gewesen, als ihre Mutter vorgeschlagen hatte, in die Kleinstadt zu ziehen, in der Tante Leslie ein Café betrieb und auch Rubys Großeltern wohnten. Sie hatten immer zusammen die Sommerferien hier verbracht. Ruby liebte Cornwall – die grünen Hügel und die weiten Felder und das Meer, das nur einen Katzensprung von Bickerick entfernt lag.

Vor vier Wochen hatte ihre Mutter ein kleines Haus am Ortsrand gekauft. Eigentlich hätten die Handwerker es inzwischen renoviert haben müssen, aber weil Tante Leslie das Ganze organisiert hatte, war natürlich nichts fertig.

Laura hatte die Hände über dem Kopf zusammengeschlagen, als sie und Ruby am letzten Donnerstag angekommen waren. Es musste noch so viel gemacht werden! Aber egal, jetzt waren sie ja hier und mit der Zeit würde schon alles werden.

„Vermisst du deine alten Freunde nicht?", fragte Madeleine, die im Klassenraum in der Reihe hinter Ruby und Amanda saß. Sie hatte ein lustiges rundes Gesicht und silberne Ohrringe in Herzchenform.

Ruby zuckte mit den Schultern. Was für eine Frage. Natürlich vermisste sie ihre Freunde, vor allem Leonie und Cara. Und an den Reiterhof wollte sie lieber gar nicht denken. Obwohl – das brachte sie auf eine Idee.

„Kann mir vielleicht jemand sagen, wo man hier reiten kann?", fragte sie.

In Berlin hatte Ruby jede freie Minute im Reitstall verbracht. Sie ritt, seit sie sechs war, und

hatte bereits das vierte Reitabzeichen gemacht. Ihre Mutter hatte ihr versprochen, dass sie auf jeden Fall auch in England reiten dürfte.

„Klar kennen wir einen Reitstall!", rief Amanda.

„Den besten überhaupt!", ergänzte Simon. „Die Ocean Ranch."

„Da gehen wir alle hin", sagte Madeleine.

„Na ja, alle wohl nicht", meldete sich nun ein anderes Mädchen zu Wort.

Sie war Ruby vorhin in der Klasse schon aufgefallen, weil sie so hübsch war. Ihre riesigen dunkelbraunen Augen standen in einem eigenartigen Kontrast zu den hellen Haaren, die zu einem lockeren Zopf gebunden waren. Ein paar Haarsträhnen kringelten sich auf ihrer Stirn.

„Stimmt." Mit dem Zeigefinger schob Amanda ihre Brille hoch. „Aber du bist ja auch ein Sonderfall, Grace."

„Wieso?", fragte Ruby.

„Grace ist ein Profi", erklärte Amanda. „Sie reitet schon Turniere."

„Echt?" Interessiert blickte Ruby ihre Mitschülerin an. Wenn sie in Berlin geblieben wäre, hätte sie im Herbst auch an ihrem ersten Turnier teilnehmen dürfen. „Und wo reitest du?"

„Bei Hegarty's." Grace sah Ruby nicht an, sondern guckte über ihre Schulter hinweg, sodass Ruby unwillkürlich den Kopf nach hinten drehte. Da war aber niemand. „Das ist auch ein Reitstall. Aber eben für Profis."

„Komm lieber mit uns auf die Ocean Ranch, Ruby", sagte Simon. Er hatte ziemlich abstehende Ohren, das fiel ihr jetzt erst auf. „Du wohnst doch auch in Bickerick, oder? Die Ranch liegt oben auf den Klippen, ganz nah an der Stadt."

„Kannst du machen", sagte Grace. „Wenn du nur ein bisschen rumhoppeln willst. Aber falls du wirklich was lernen möchtest ..."

Sie unterbrach sich, weil der Schulgong ertönte. Die Pause war zu Ende. Grace warf den

Kopf in den Nacken, drehte sich um und ging einfach weg.

„Bei Hegarty's sind alle so was von eingebildet." Simon rümpfte die sommersprossige Nase. „Geh da bloß nicht hin. Die Ocean Ranch ist viel besser."

In der nächsten Stunde hatten sie Mathe. Das Fach mochte Ruby eigentlich sehr gerne. Sie hatte jedoch große Schwierigkeiten, sich auf den Unterricht zu konzentrieren, und diesmal waren nicht die neuen englischen Wörter schuld. Sie musste die ganze Zeit über die beiden Reiterhöfe nachdenken. Hegarty's. Und die Ocean Ranch.

Ruby wollte auf keinen Fall nur ein bisschen *rumhoppeln,* wie Grace gesagt hatte. Ihre frühere Reitlehrerin Frau Hilchenbach war streng gewesen, sie ließ einem keinen Fehler durchgehen. Und das war auch gut so, denn sonst gewöhnte man sich Nachlässigkeiten an, die man später nie mehr loswurde.

Bei Hegarty's sah man das offenbar ähnlich. Leider schien Grace recht hochnäsig zu sein. Ob Ruby sich mit ihr anfreunden konnte?

„Ruby?" Die Stimme des Mathelehrers riss sie aus ihren Gedanken. „Weißt du vielleicht die Lösung?"

Erschrocken blickte Ruby zur Tafel. Zum Glück war die Aufgabe, die Mr Sinclair dort angeschrieben hatte, echt einfach.

„35", sagte sie.

„Korrekt." Mr Sinclair nickte zufrieden. „Und ich hatte schon befürchtet, du hättest nicht aufgepasst."

Nachdem es mittags noch geregnet hatte, kam pünktlich zum Schulschluss die Sonne raus und strahlte durch die ziemlich schmutzigen Fensterscheiben ins Klassenzimmer.

Tante Leslie hatte versprochen, Ruby von der Schule abzuholen. Sie war aber weder im Flur noch unten in der Eingangshalle. Vermutlich hatte sie die Verabredung mal wieder vergessen.

Ruby zog ihr Handy aus der Tasche und stellte fest, dass der Akku leer war. Na super! Das hieß dann ja wohl warten. Obwohl es lächerlich war, zu Fuß brauchte sie höchstens eine Viertelstunde bis nach Hause. Der Weg führte schnurgerade über die Felder.

Zehn Minuten später war Leslie immer noch nicht aufgekreuzt und Ruby hatte endgültig genug. Sie würde einfach losgehen, beschloss sie. Zu Hause konnte sie ihre Tante dann ja übers Festnetz anrufen.

2

Sponge Cake

Es gab keinen schöneren Ort als Cornwall.

Die Wiesen waren so grün und saftig, dass man die Kühe beneiden konnte, die darauf standen und wiederkäuten. Über den blauen Himmel trieben kleine weiße Sahnewölkchen und die Luft roch lecker salzig nach Meer.

Es war wirklich albern, dass Tante Leslie sie abholen sollte. Ruby war gerade mal ein paar Minuten unterwegs und konnte bereits die alten Ulmen sehen, hinter denen ihr Haus lag. Morgen würde sie auf jeden Fall mit dem Fahrrad zur Schule fahren.

Hinter ihr erklang plötzlich Hufgetrappel. Zwei Reiter preschten in gestrecktem Galopp einen Hügel hinab. Auf dem ersten Pferd saß ein bärtiger Mann, der sein dunkles Haar zu einem Knoten hochgebunden hatte. Ihm folgte eine junge blonde Frau auf einem schwarzen Quarter Horse. Jetzt setzten sie über den Weg und stoben über das weite Feld davon.

Ruby sah ihnen sehnsüchtig nach, bis sie hinter einer Anhöhe verschwunden waren.

Die Reiter waren von den Klippen gekommen und dort lag die Ocean Ranch – das hatte Simon heute Morgen gesagt. Vielleicht konnte man die Ranch von der Hügelkuppe aus sogar schon sehen. Ob sie schnell mal gucken sollte?

Ruby schaute auf ihre Uhr. Inzwischen war es kurz nach halb vier, das war ja echt noch früh. Bis sie jemand vermisste, wäre sie längst zu Hause.

Auf der Anhöhe angekommen, schnappte Ruby nach Luft. Aber nicht nur, weil sie außer Atem war. Die Aussicht war einfach fantastisch.

Vor ihr lagen, schroff und weiß, die Felsen der Steilküste. Und dahinter erstreckte sich das Meer. Es war türkisblau und glitzerte in der Sonne, als wäre das nicht England, sondern die Südsee.

Oben auf den Klippen stand ein Haus aus dicken grauen Steinen mit einem buckligen Dach aus Reet. Drum herum gruppierten sich ein paar Holzgebäude, eines davon war lang gezogen und flach. Und direkt daneben lag eine große Koppel, auf der eine Handvoll Pferde graste.

Eigentlich hatte Ruby ja direkt wieder kehrtmachen wollen, aber das ging jetzt nicht. Sie musste sich das aus der Nähe ansehen. Sie rannte den geschlängelten Feldweg entlang, überquerte eine uralte Steinbrücke, unter der ein Bach plätscherte, dann ging es wieder ziemlich steil nach oben. Als sie die Gebäude erreicht hatte, war sie wirklich außer Puste.

Hier war kein Mensch zu sehen, aber eine

Menge Tiere. Mitten auf dem Hof lag ein riesiger Schäferhund und sonnte sich. Normalerweise hatte Ruby keine Angst vor Hunden, aber dieser sah echt gefährlich aus. Sein Schädel war fast so groß wie ein Kuhkopf.

Allerdings machte er keine Anstalten, sie anzugreifen. Er hatte die Augen geschlossen und schien sie gar nicht zu bemerken.

Auf einem Grasstreifen vor der Scheune pickten Hühner und ein paar Gänse. Ein Pfau mit zerfleddertem Schwanz stolzierte an dem schlafenden Hund vorbei und in einem offenen Gehege neben dem Stall mümmelten Kaninchen.

Soeben spazierte auch noch eine Katze um die Hausecke herum auf den Hof. Oder vielmehr, sie humpelte auf den Hof. Sie hatte nämlich nur drei Beine. An dem lang gezogenen Holzgebäude stand die Tür auf. Ruby ließ den Schäferhund nicht aus den Augen, während sie sich langsam darauf zubewegte. Er beachtete sie jedoch genauso wenig wie die anderen Tiere.

Hm, jetzt stieg ihr ein würziger Pferdegeruch in die Nase. Der beste Duft, den sie sich vorstellen konnte.

„Ruby! Das ist ja toll! Ich hätte nicht gedacht, dass du heute schon hier aufkreuzt!"

Simon kam mit einer Schubkarre voll nasser Einstreu aus dem Stall. Er strahlte über das ganze sommersprossige Gesicht.

„Hi. Ich … äh … das war ein Zufall", stammelte Ruby. „Ich hab zwei Reiter gesehen und wollte mal gucken, wo die herkommen."

„Das waren Patrice und Kelly, die sind runter zum Strand", sagte Simon. „Ihnen gehört diese Ranch."

„Hallo!" Nun trat ein weiterer Junge aus dem Stall. Er war ein Stück größer als Simon und sah echt super aus. Seine dunklen Haare fielen ihm weich in die Stirn, im hellen Sonnenlicht glänzten sie fast blau. Und er hatte die schwärzesten Augen, die Ruby jemals gesehen hatte.

Der Junge trug Jeans, ein T-Shirt und Gummistiefel, genau wie Simon. Ruby war dagegen immer noch in ihrer bescheuerten Schuluniform. Wenigstens hatte sie vorhin die Krawatte abgenommen und in ihren Rucksack gesteckt.

„Das ist Amir", sagte Simon. „Er geht auch auf unsere Schule. Aber er ist eine Klasse über uns."

„Und wie heißt du?", fragte Amir.

„Ruby."

„Ruby ist aus Berlin", sagte Simon. „Sie ist gerade erst nach Bickerick gezogen. Und sie will reiten. Oder, Ruby?"

„Genau." Ruby nickte.

„Dann musst du morgen wiederkommen", sagte Amir.

„Stimmt", sagte Simon. „Dienstags um vier ist Reitstunde."

„Wie – Reitstunde?", fragte Ruby.

„Na ja, da wird halt geritten", erwiderte Simon ein wenig irritiert. „Amanda und Madeleine sind auch dabei. Soll ich dir die Ranch mal zeigen?"

Ruby guckte auf ihre Uhr. Viertel nach vier, schon so spät!

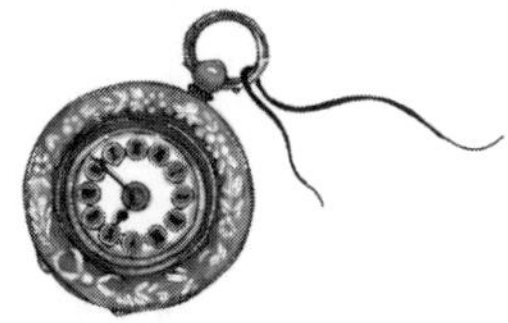

„Das machen wir morgen", sagte sie. „Ich muss jetzt echt heim."

Bevor Ruby die Haustür aufschließen konnte, wurde sie von innen aufgerissen.

„Ruby!" Laura Finnegan war total aufgelöst, das sah man sofort. Ihr Gesicht war ganz bleich, nur ihre Wangen glühten rot. „Wo warst du so lange?"

„Ich … äh … Leslie hat vergessen, mich abzuholen. Da bin ich eben zu Fuß nach Hause."

„Die Schule war um drei zu Ende. Jetzt ist es halb fünf!" Ihre Mutter fuhr sich mit beiden Händen durch die blonden Haare. „Ich bin dir auf dem Feldweg entgegengegangen und hab dich nirgends gefunden."

„Ich habe noch einen kleinen Abstecher zu einer Pferderanch gemacht", flüsterte Ruby.

„Du warst auf einer Pferderanch?" Laura

starrte Ruby so ungläubig an, als hätte sie ihr gestanden, dass sie mal eben zum Mond geflogen war. „Ohne mir Bescheid zu geben? Sag mal, spinnst du, Ruby? Ich war kurz davor, die Polizei zu alarmieren!"

„Was ist mit der Polizei?" Zu Rubys Erleichterung eilte nun Tante Leslie aus dem Haus.

„Nichts", sagte Ruby. „Ich bin jetzt ja wieder da."

„Puh, was bin ich froh!" Leslie zog ihre Nichte an sich und umarmte sie.

Rubys Mutter war nicht so leicht zu besänftigen. „Ehrlich, Ruby, ich könnte dich ..."

„Beruhige dich, Laura", sagte Leslie. „War doch alles meine Schuld. Und es ist ja nichts passiert."

„Außer, dass ich fast durchgedreht bin", schnaubte Laura.

„Ich schlage vor, wir gehen mal rein", sagte Leslie. „Es gibt Sponge Cake, den hat Granny extra für uns gebacken. Wie war's denn in der Schule, Ruby? Waren sie nett zu dir oder muss ich jemanden übers Knie legen?"

Ruby lachte. „Nein, alles bestens."

„Dann ist ja gut." Leslie legte ihren Arm um sie und zog sie in Richtung Küche.

„Und bei dir, Mama?", fragte Ruby über ihre Schulter. „Wie war dein Vorstellungsgespräch?"

„Ganz gut." Laura klang wieder ein bisschen ruhiger. „Ich glaub, die nehmen mich."

In Berlin hatten Ruby und ihre Mutter in einer schicken Neubauwohnung gelebt. Das kleine Haus in Cornwall war das genaue Gegenteil: Es war schon über hundert Jahre alt, die Fensterläden klapperten, die Holzböden knarrten, die Treppe war abgetreten und die Wände waren allesamt schief. Aber es war super gemütlich.

Im Moment herrschte allerdings pures Chaos. In der Küche türmten sich Umzugskartons, daneben standen Farbeimer, Papierrollen und eine Leiter. Eine Wand war bereits gelb gestrichen, auf den anderen klebten noch Tapetenreste.

Während Leslie den Wasserkessel auf den Herd stellte, klappte Laura einen der Kartons auf.

„In der Bank wollten die mich für sofort, aber ich will frühestens nächsten Monat anfangen", sagte sie und holte drei Teller heraus. „Hier gibt es ja noch jede Menge Arbeit." Sie bedachte ihre Schwester mit einem vorwurfsvollen Blick, denn Leslie hätte sich ja um die Renovierung kümmern sollen. Aber Rubys Tante nahm das gar nicht zur Kenntnis.

Laura und Leslie sahen sich total ähnlich – beide waren groß und schlank und hatten leuchtend blaue Augen und blonde Haare. Laura trug ihre allerdings immer hochgesteckt, während Leslies Locken in alle Richtungen sprangen.

Die beiden Schwestern zogen sich auch ganz unterschiedlich an. Laura liebte elegante Klamotten und Leslie stand auf bunte Röcke, lange Kleider und verrückte Hüte.

Die Schwestern waren beide in Bickerick geboren worden und auch hier aufgewachsen, aber dann war Laura zum Studieren nach Deutschland gegangen und dort hatte sie Rubys Vater Tom kennengelernt. Sie hatte ihn jedoch nie geheiratet. Tom war Gitarrist und tourte schon seit Jahren mit einer Rockband durch die Welt.

Er und Ruby skypten oft miteinander und wenn er ein bisschen Kohle hatte, schickte er ihr verrückte Geschenke. Zuletzt hatte sie einen Schlafanzug mit Totenkopf-Aufdruck bekommen. Sehr cool, bloß schade, dass man ihn nur nachts tragen konnte.

„In einer Bank zu arbeiten, könnte ich mir überhaupt nicht vorstellen", erklärte Leslie, während sie losen Früchtetee in eine bauchige Kanne löffelte. „Aber wir können ja nicht alle das Gleiche machen, sonst wär die Welt langweilig."

Sie selbst hatte schon mindestens zehn verschiedene Berufe ausprobiert, bevor sie in Bickerick ein Jazz-Café eröffnet hatte, das erstaunlich gut lief.

„Aber jetzt erzähl du mal, Ruby." Leslie goss das Teewasser auf. „Wie sind deine neuen Klassenkameraden?"

„Super", sagte Ruby. „In meiner Klasse reiten ganz viele." Sie warf einen verstohlenen Blick zu ihrer Mutter, die gleichzeitig die Mundwinkel nach unten und die Brauen nach oben zog. „Kennst du die Ocean Ranch?", fragte sie Leslie.

„Klar." Leslie schenkte den Tee ein und kippte Milch in ihre Tasse, obwohl es Früchtetee war. Sie hatte echt einen seltsamen Geschmack. „Ich war allerdings noch nie dort."

„Die Besitzer heißen Kelly und Patrice", sagte Ruby, während Laura Grannys Sponge Cake auf die Teller verteilte. Der dicke, weiche Biskuitboden war mit einer Sahnecreme gefüllt und mit Kirschen dekoriert. Lecker!

„Ich weiß", sagte Leslie. „Die beiden kommen oft ins Café. Sie sind aus Kanada. Patrice Dufresne war früher mal ein sehr erfolgreicher Turnierreiter."

„Früher?", fragte Ruby. Der Mann, den sie auf

dem Pferd gesehen hatte, war höchstens dreißig gewesen. „Ist er schon alt?"

„Nein, er ist um einiges jünger als ich."

„Und wieso reitet er keine Turniere mehr?"

„Keine Ahnung. Vielleicht hat er keine Lust mehr drauf." Leslie schob sich ein Stück Kuchen in den Mund. „Seine Freundin ist übrigens Reittherapeutin", sagte sie mit vollem Mund.

„Was ist das denn?", wollte Ruby wissen.

„Reittherapeuten helfen Menschen mit Problemen, indem sie sie mit Pferden zusammenbringen. Kelly hat sich auf Kinder spezialisiert."

„Und Patrice ist jetzt Reitlehrer?", erkundigte sich Laura.

Ruby hatte ihr erstes Stück Kuchen bereits verdrückt und nahm sich ein zweites. Grandmas Sponge Cake schmeckte einfach zu gut. Und Ruby war echt hungrig, das Essen in der Mensa war nämlich eher mittelmäßig gewesen.

„Reitunterricht gibt Patrice nur nebenbei", sagte Leslie. „Eigentlich arbeitet er als Pferdeflüsterer."

„Als Pferdeflüsterer?", wiederholte Rubys Mum. „Du meinst, er spricht mit Pferden? Und das ist ein Beruf?"

„Im Grunde macht er dasselbe wie Kelly", sagte Leslie. „Nur eben nicht mit Kindern, sondern mit Pferden. Er bringt verstörte Tiere dazu, den Menschen wieder zu vertrauen."

„Indem er ihnen etwas vorwiehert?", fragte Laura ziemlich skeptisch. „Und davon kann man leben?"

„Na, offensichtlich tut er das", erwiderte Leslie. „Aber wie viel Geld er verdient, kann ich dir nicht sagen. Das musst du ihn selbst fragen."

„Er ist morgen um vier auf der Ranch", sagte Ruby. „Dann findet der Reitunterricht statt."

„Morgen um vier kommen die Fliesenleger." Laura legte ihr ein drittes Stück Kuchen auf den Teller, das zweite war nämlich auch schon weg. „Da kann ich nicht."

„Ich kann doch auch allein dorthin", sagte Ruby. „Aus meiner Klasse machen auch ein paar mit."

„Also, ich würde beim ersten Mal schon gerne mitkommen und mir diesen Typen anschauen", erklärte Laura.

„Patrice ist in Ordnung", sagte Leslie. „Da musst du dir keine Sorgen machen. Aber wenn du willst, begleite ich Ruby. Bei der Gelegenheit kann ich mir die Ranch gleich mal anschauen, das hatte ich eh schon lange vor."

3

Bodenarbeit

Leslie war natürlich wieder zu spät. Halb vier hatten sie ausgemacht und nun wartete Ruby schon eine gute Viertelstunde in voller Reitmontur mit ihrem Rad vor dem Haus.

Um zehn vor vier bog Leslies pinkes Rennrad endlich um die Ecke.

„Sorry!", keuchte Rubys Tante. „Ich hatte noch eine Besprechung mit ein paar Musikern. Das ist mir gestern total entfallen."

„Jetzt aber schnell." Ruby war schon losgefahren. „Ich muss vor der Stunde unbedingt noch mit Patrice reden."

„Was willst du denn mit ihm besprechen?", fragte Leslie.

Ruby antwortete nicht. Sie fuhr, so schnell sie konnte.

Amanda hatte heute Morgen in der Pause erzählt, dass Patrice nur einen einzigen Reitkurs gab, an dem alle gemeinsam teilnahmen. Aber Amanda ritt erst seit einem Jahr und Madeleine war auch noch nicht länger dabei. Ruby hatte dagegen schon so viel Erfahrung, Gruppenunterricht machte für sie keinen Sinn. Wenn Patrice sie vorreiten ließ, würde er das auch sehen, er war schließlich mal ein Profireiter gewesen.

Leider war es jedoch bereits kurz vor vier, als sie endlich an der Ranch ankamen. Abgesehen von den Hühnern und dem zerfledderten Pfau war der Hof leer, nicht einmal der Hund war heute zu sehen.

„Vielleicht sind die alle schon auf dem Reitplatz." Leslie lehnte ihr Fahrrad gegen einen Holzstapel neben der Toreinfahrt. „Wir können doch einfach ..."

„Da ist Amanda!" Ruby zeigte auf ihre Klassenkameradin, die gerade mit einem Sattel im Arm aus einem der Nebengebäude trat. Sie stellte ihr Rad ebenfalls ab und rannte über den Hof.

Sie kam aber nicht sehr weit. Denn auf einmal stürmte der Schäferhund um die Ecke des Stalles und kam wild bellend auf sie zu. Ruby blieb erschrocken stehen.

„Hierher, Arthur!" Amanda ließ den Sattel fallen und lief zu ihnen. Sie packte den Hund am Halsband und zog ihn von Ruby weg. „Keine Angst, der ist total harmlos. Er will nur gestreichelt werden."

Jetzt bellte der Hund nicht mehr, sondern wedelte so heftig mit dem Schwanz, dass er Amanda fast umwarf.

„Echt?" Vorsichtig streckte Ruby die Hand aus

und legte sie auf den mächtigen Hundeschädel. „Er ist wirklich sehr groß."

„Arthur sollte eigentlich Polizeihund werden", sagte Amanda. „Aber da haben sie ihn ausgemustert, weil sie ihn einfach nicht scharf gekriegt haben."

„Du armer Kerl." Ruby fuhr durch das dicke Fell des Hundes, der sich prompt auf den Boden fallen ließ. Er wälzte sich auf den Rücken und streckte alle viere von sich, damit sie seinen Bauch kraulen konnte.

„Arm?" Amanda lachte. „Bei der Polizei hätte Arthur arbeiten müssen. Hier kann er den ganzen Tag pennen und wird auch noch gestreichelt. Und genug zu fressen gibt es auch. Ist doch perfekt."

Der Hund brummte genießerisch und Ruby hätte sich nicht gewundert, wenn er zu schnurren begonnen hätte wie ein Kater.

„Jetzt ist Schluss mit der Schmusestunde", sagte Amanda energisch. „Der Reitunterricht fängt gleich an. Du bist ja schon richtig gut ausgestattet, Ruby!"

Im Gegensatz zu ihr trug Amanda keine Reitkleidung, sie hatte ganz normale Jeans und Sneakers an.

„Wo ist Patrice denn?", wollte Ruby wissen.

„Er steht dort hinten am Round-Pen." Amanda deutete zu dem runden umzäunten Reitplatz hinter dem Stall. Vor dem Tor stand der bärtige Mann mit dem Haarknoten und unterhielt sich mit Tante Leslie.

„Hab schon alles geklärt, Ruby!", rief Leslie zu ihr rüber. „Du kannst direkt mitmachen."

O nein! Das lief ja genau so, wie Ruby es nicht haben wollte.

„Bis später, Arthur." Ruby richtete sich auf und rannte zu ihrer Tante.

„Hallo, Ruby." Patrices mandelförmige braune Augen musterten sie interessiert. „Ich bin Patrice."

Er war kein Engländer, das hörte man sofort an seinem Akzent. Patrice stammte aus dem französischsprachigen Teil von Kanada, das wusste Ruby aus dem Internet. Am Abend zuvor hatten sie und ihre Mutter Patrice gegoogelt. Er hatte als Dressurreiter viele Medaillen und Pokale gewonnen, bevor ein Unfall seine Karriere beendet hatte. Was für ein Unfall das gewesen war, stand nirgends. Auf jeden Fall war er vor etwas über einem Jahr von Kanada nach Cornwall gezogen, um hier verstörte Pferde zu therapieren.

„Hallo", sagte Ruby. „Ich ... äh ... reite schon ziemlich lange."

„Okay." Patrice nickte. „Du musst dich ein bisschen beeilen, die Stunde fängt gleich an."

„Hi, Ruby!" Hinter ihr tauchte Simon auf. Er führte ein hübsches dunkelbraunes Pferd an den Zügeln. Auch er war in Jeans, aber er hatte zumindest einen Reithelm auf. „Du siehst ja aus wie ein Profi!"

„Ich kann jetzt hier nicht weg." Patrice beschattete die Augen mit der Hand und schaute zum Stall. „Aber Amir ist drüben am Sattelplatz. Sag ihm, dass er Dottie für dich satteln soll."

„Ich sehe schon, die Sache läuft", stellte Tante

Leslie fest. „Ich bin dann mal weg. Heute Abend gibt's im Café übrigens Irish Folk. Eine wirklich coole Band. Kann ich sehr empfehlen."

Patrice nickte nur. Er war offensichtlich nicht der Gesprächigste.

„Reitest du auch mit?", fragte Ruby Amir, während sie zusammen zur Weide gingen, um Dottie zu holen.

„Heute nicht." Amir öffnete das Tor und ging auf eine kleine rundliche Stute zu, deren hellbraunes Fell über und über mit lustigen schwarzen Punkten überzogen war.

„Dottie ist total lieb", erklärte er Ruby, während er dem Pferd ein Halfter überzog. „Du musst überhaupt keine Angst vor ihr haben."

„Natürlich nicht." Als er ihr die Halfterleine reichte, berührten sich ihre Hände. Dabei durchzuckte Ruby ein leichter Schauer, wie ein elektrischer Schlag. Ob Amir das auch gespürt hatte?

„Ich kann sie selber satteln", sagte sie, nachdem sie die Stute am Sattelplatz festgemacht hatte und Amir den Sattel und das Zaumzeug geholt hatte.

Inzwischen hatte der Reitunterricht bereits begonnen. Aus dem Augenwinkel sah Ruby, wie Amanda, Simon, Madeleine und zwei andere Kinder auf ihre Pferde stiegen. Nun bildeten sie einen Halbkreis um Patrice.

Ruby fühlte, wie ihr ganzer Körper zu kribbeln begann. Sie hatte so lange nicht mehr im Sattel gesessen! Drei Wochen, um genau zu sein, aber für eine so begeisterte Reiterin wie sie war das eine Ewigkeit.

„Okay." Amir lehnte sich mit dem Rücken an die Stallwand. „Dann fang mal an."

Das Aufsatteln war wirklich kein Problem. Ruby legte Dottie erst die Satteldecke über, dann platzierte sie den Sattel auf ihrem Rücken und schloss den Sattelgurt. Danach griff sie nach dem Zaumzeug und hielt erstaunt inne.

„Was ist das denn?", fragte sie irritiert.

Anstelle einer Antwort zog Amir nur die Augenbrauen hoch.

„Da fehlt das Gebiss", sagte Ruby.

„Das ist ein Sidepull", erklärte Amir. „Damit reiten wir hier. Ist angenehmer für die Pferde."

„Habt ihr keine normale Trense?", fragte Ruby. Mit so einem komischen Teil konnte man ein Pferd doch gar nicht richtig lenken.

„Hättest du gerne eine Metallstange im Mund?", fragte Amir zurück.

„Nein", sagte Ruby. „Aber ich bin ja auch kein Pferd."

Amir lachte. „Für Pferde ist das genauso unangenehm wie für uns Menschen."

Ruby zog der Stute das Zaumzeug über, aber ohne ein Mundstück war es gar nicht so einfach, das Ganze anzulegen. Nach ein paar Minuten hatten sich die weichen Lederriemen hoffnungslos verheddert.

„Soll ich dir nicht doch helfen?", erkundigte sich Amir. „Sonst ist die Stunde vorbei, bevor du hier fertig bist."

Ruby zog eine Grimasse und trat schweigend zur Seite.

Es dauerte exakt zehn Sekunden, dann war Dottie aufgezäumt und Ruby konnte mit ihr zum Reitplatz gehen.

Dort waren die anderen inzwischen abgestiegen und führten ihre Pferde über Stangen und durch Pylonen, die Patrice im Round-Pen ausgelegt hatte.

Bodenarbeit. Ruby spürte, wie sich die Enttäuschung in ihr breitmachte. In Berlin hatten solche Übungen natürlich auch zum Training gehört, aber sie hatten sie immer schrecklich gelangweilt. Ruby wollte in den Sattel. Springen – das war ihr Ding, das machte sie am allerliebsten. Die Bodenarbeit überließ sie gerne den anderen.

Patrices Schüler führten ihre Pferde gerade so konzentriert durch den kleinen Parcours, als müssten sie eine wirklich komplizierte Aufgabe bewältigen.

Der Reitlehrer öffnete das Tor für sie und ließ sie mit Dottie eintreten. Schweigend wies er mit der flachen Hand auf die kleine Gruppe.

Ruby reihte sich mit Dottie hinter Amanda und ihrem Pferd ein. Dottie ließ sich ziehen, offensichtlich langweilte sie das Ganze genauso wie Ruby. Immer wieder blieb sie stehen und schnupperte an den Stangen, anstatt sie zu überschreiten. Einmal versuchte sie sogar, einen der Pylonen anzuknabbern. Ruby musste richtig an den Zügeln reißen, um sie wieder in Bewegung zu bringen. Das seltsame Zaumzeug, das sie hier benutzten, war auch keine Hilfe. Wie man damit reiten sollte, war Ruby schleierhaft.

Aber so wie es aussah, würde es dazu heute ohnehin nicht kommen. Nach einigen Runden rief Patrice, der am Tor des Round-Pens lehnte: „Okay, und nun die Zügel auf den Sattel."

Hä? Was sollte das denn jetzt? Ruby warf ihm einen verständnislosen Blick zu und merkte dabei, dass Amir hinter Patrice am Gatter stand und den Reitunterricht beobachtete. Sie spürte eine Hitzewelle in sich aufsteigen, eine Mischung aus Verlegenheit und Ärger.

Sie hätte Amir so gerne gezeigt, wie gut sie reiten konnte. Stattdessen musste sie hier durch den Round-Pen latschen wie eine totale Anfängerin. Mit ihren Reitklamotten war sie zu allem Überfluss auch noch völlig overdressed. Nur Madeleine trug Reitstiefel und hatte wie Simon einen richtigen Reithelm auf. Der Rest trug Fahrradhelme.

Vor ihr legte Amanda die Zügel auf den Rücken ihres Haflinger-Wallachs. Dann straffte sie die Schultern und ging los und das Pferd folgte ihr, als ob sie es an einer unsichtbaren Leine hinter sich herzöge.

Bei Simon und seinem dunkelbraunen Pferd war es genau das Gleiche. Vielleicht würde es bei Dottie ja auch klappen.

Ruby legte die Zügel über Dotties Hals und marschierte los. Nach ein paar Schritten drehte sie sich zu Dottie um. Die Stute machte keine Anstalten, ihr zu folgen. Sie hatte den Kopf gesenkt und zupfte einen Grashalm aus dem Boden.

Ruby schnalzte mit der Zunge. Dottie zuckte mit den Ohren, aber sie hob nicht einmal den Kopf. Madeleine, die im Kreis nach Ruby kam, musste ihre Stute einen Bogen gehen lassen, damit sie nicht mit Dottie zusammenstieß.

Als das andere Pferd sie überholte, begriff endlich auch Dottie, was von ihr erwartet wurde. Zu Rubys Erleichterung setzte sie sich in Bewegung und folgte Madeleines Pferd über den Reitplatz. Ruby hastete hinterher.

„Alle mal anhalten!", befahl Patrice.

Als er auf Ruby zukam, fiel ihr auf, dass er leicht hinkte. Vielleicht war das ein Überbleibsel des Unfalls, von dem sie im Internet gelesen hatten.

„Es geht darum, dass Dottie dir folgt – und nicht umgekehrt", erklärte Patrice.

„Wie soll ich das denn machen?", fragte Ruby.

Er sah sie eine Zeit lang nachdenklich an. „Okay", sagte er schließlich. Er ließ die anderen mit ihren Pferden an den Rand treten.

„Stell dich genau vor Dottie hin", forderte er Ruby auf. „Sie soll dich anschauen."

„Und dann?", fragte Ruby.

„Das ist die Übung."

Aber das war unmöglich. Die anderen Pferde scharrten mit den Hufen und schnaubten. Dottie guckte in alle möglichen Richtungen, nur nicht zu Ruby.

Ruby schnalzte laut mit der Zunge. Nun wandte Dottie sich ihr endlich zu, aber als sich ihre Blicke begegneten, warf die Stute den Kopf nach oben und trippelte ein paar Schritte zurück.

Ruby merkte, wie sie langsam genervt wurde. Was sollte diese Übung? Machte Patrice sich über sie lustig? Oder wollte er sie vor den anderen vorführen? Wie sollte sie die Stute dazu bringen, sich auf sie zu konzentrieren, ohne sie zu berühren?

„Denk nicht so viel." Patrice trat wieder neben

sie. Er sprach jetzt so leise, dass nur sie ihn hören konnte. „Lass dich auf Dottie ein."

Ruby versuchte, sich ganz auf die Stute zu konzentrieren. Aber genau wie Dottie war auch sie selbst viel zu abgelenkt. Sie spürte die Blicke von Simon und Amanda. Und sie wusste, dass auch Amir sie ansah.

Am liebsten hätte sie sich umgedreht und wäre aus dem Round-Pen gerannt. Aber das ging nicht, sie war schließlich kein kleines Kind.

„Vielen Dank, Ruby", sagte Patrice ruhig. „Das reicht für heute."

4

Grace

Es reicht wirklich, dachte Ruby, während sie Dottie absattelte, trocken rieb und zurück auf die Koppel brachte.

Sie ritt seit vier Jahren und Frau Hilchenbach hatte ihr mehrmals versichert, dass sie mit Abstand ihre beste Schülerin war. Die Prüfungen für die Reitabzeichen hatte sie allesamt mit Leichtigkeit bestanden. Und hier ließ man sie nicht mal in den Sattel steigen, sondern zwang sie dazu, ein Pferd anzustarren.

Das war lächerlich. Allerdings war Ruby kein

bisschen zum Lachen zumute. Sie wollte nur noch nach Hause.

„Hallo, Ruby." Als Ruby Dottie das Halfter abnahm, tauchte Simon neben ihr auf, der sein Pferd bereits weggebracht hatte. Er klopfte Dotties Hals. „Sie ist süß, oder?"

Ruby nickte, obwohl sie Dottie gerade liebend gern auf den Mond geschossen hätte. Und den Rest der Ocean Ranch gleich mit.

„Wenn Patrice nicht wäre, wäre sie längst tot", sagte Simon.

„Was?", entfuhr es Ruby. „Wieso das denn?"

„Ihr früherer Besitzer hat sie fast verhungern lassen. Als Patrice Dottie zum ersten Mal gesehen hat, war sie so dürr wie ein Skelett!"

„Wie gemein!" Ruby wuschelte fassungslos durch Dotties Mähne.

„Ich glaube, am Anfang hat er selbst nicht daran geglaubt, dass er sie durchkriegt." Simon streichelte Dotties runde Flanke. „Jetzt müssen wir aufpassen, dass sie nicht zu moppelig wird. Die Gute futtert für ihr Leben gern."

„Das ist ja wohl verständlich", sagte Ruby. „Patrice scheint ein Herz für Tiere zu haben, die keiner will. Arthur hat er doch auch übernommen, nachdem ihn die Polizei ausgemustert hat. Und gestern hab ich hier eine dreibeinige Katze gesehen."

Simon nickte. „Das ist Zigzag. Sie ist unter einen Mähdrescher geraten. Zigzag wäre bestimmt auch nicht mehr am Leben, wenn Patrice sie nicht aufgepäppelt hätte. Und die Hühner kommen allesamt aus einer Legebatterie."

„Krass", fand Ruby.

„Wie hat dir denn die Reitstunde gefallen?", erkundigte sich Simon, als sie die Koppel verließen.

Rubys Gesicht verfinsterte sich. „Geht so."

Er grinste. „Immerhin ist Dottie bei dir stehen geblieben. In meiner ersten Stunde ist Chocolate einfach weggerannt, das war vielleicht blöd."

„Die Übung ist echt bescheuert", zischte Ruby. „Wozu soll so was bitte gut sein?"

„Es geht darum, die Rangordnung zu klären."

Dieser Satz kam nicht von Simon, sondern von Amir, der plötzlich hinter Ruby aufgetaucht war. Obwohl sie so wütend war, spürte Ruby ein warmes Flattern im Magen. „Dottie sollte merken, dass du das Leittier bist, nach dem sie sich richten muss. Wenn ein Pferd das erst mal akzeptiert hat, läuft alles andere wie am Schnürchen."

„Ich bin aber kein Leittier, sondern die Reiterin", erwiderte Ruby spitz. „Und ich bin auch zum Reiten gekommen und nicht, um Pferde anzugucken."

Amir lachte. „Bei uns läuft eben alles anders. Patrice würde gerne noch mal mit dir reden. Er ist drüben am Haus."

Patrice saß mit ausgestreckten Beinen auf einer Bank in der Sonne. Arthur hatte den Kopf auf seine Knie gelegt und ließ sich die Ohren kraulen.

„Hi, Ruby. Setz dich." Patrices mandelförmige Augen musterten sie in dieser durchdringenden

Art. Widerwillig ließ sie sich neben ihm nieder. „Du hast was anderes erwartet, oder?"

„Na ja, eine Reitstunde war das jedenfalls nicht."

„Nein", sagte Patrice. „Ich bin auch kein Reitlehrer. Ich will euch etwas anderes beibringen."

„Und zwar?", fragte Ruby.

„Ich will, dass ihr die Pferde versteht. Und dass ihr lernt, euch mit ihnen zu verständigen. Pferde kommunizieren nicht nur mit Lauten, sondern mit ihrem ganzen Körper. Wir Menschen müssen das lernen wie eine Fremdsprache."

„Und was ist mit reiten?", fragte Ruby.

Patrice zog die Brauen hoch. „Wir machen manchmal Ausritte ins Gelände. Amir und Simon dürfen mit ihren Pferden sogar schon allein los. Aber die beiden sind auch erfahrene Reiter."

„Ich bin auch erfahren!", brach es aus Ruby heraus. „Ich hab schon seit vier Jahren Reitunterricht."

„In der Pferdesprache bist du jedoch eine Anfängerin."

„Kann ja sein." Ruby schluckte. „Ich find das mit dem Gruppenunterricht eh nicht so gut", erklärte sie dann. „In Berlin hatte ich immer Einzelunterricht."

„Gemeinsam lernt man mehr", sagte Patrice.

„Ich hab aber heute überhaupt nichts gelernt", erwiderte Ruby trotzig.

Patrice tätschelte Arthurs Rücken und schwieg.

„Kann ich dir nicht einfach mal vorreiten?", fragte Ruby. „Dann siehst du, wie gut ich bin."

Patrice zögerte einen Moment lang. „Wie schon gesagt, ich bin kein Reitlehrer."

„Aber du warst doch mal Profireiter."

Ein Schatten legte sich über Patrices Gesicht. „Eben." Er rieb nachdenklich seinen Vollbart. Schließlich nickte er. „Natürlich kannst du mir vorreiten." Er warf einen Blick auf seine Uhr. „Aber nicht heute. Kannst du morgen um vier?"

In der großen Pause nieselte es, sie mussten aber trotzdem alle raus.

„Frische Luft pustet eure Köpfe durch", erklärte Mrs Blunt und scheuchte sie aus dem Klassenzimmer.

Ruby hatte ihre Regenjacke zu Hause vergessen und ging erst mal aufs Klo, obwohl sie gar nicht richtig musste. Nach der Reitstunde gestern hatte sie ohnehin keine rechte Lust, mit den anderen zu reden.

Als sie sich die Hände wusch, stand plötzlich Grace neben ihr.

„Naaa?", fragte sie gedehnt. Ihre dunklen Augen musterten Ruby über den Spiegel. „Wie war's auf der Ocean Ranch?"

„Ganz okay", sagte Ruby.

Grace drückte auf den Seifenspender und begann ebenfalls, ihre Hände zu waschen.

„Ich reite Patrice heute vor", sagte Ruby.

Grace trocknete ihre Finger ab. Dann holte sie ein Haargummi aus der Hosentasche und steckte es zwischen die Lippen, während sie ihre hellblonden Haare zu einem Pferdeschwanz zusammenfasste.

„Er nimmt Tiere auf, die sonst keine Chance hätten", fuhr Ruby fort. „Pferde, aber auch Hunde und Hühner. Das finde ich super."

„Klar. Das ist nett." Grace klang ein bisschen undeutlich, weil sie immer noch das Haargummi im Mund hatte. „Aber für mich wär das nichts. Ich will später Profireiterin werden." Sie band das Gummi um ihren Pferdeschwanz. „Das lernt man nicht im Streichelzoo. Und das geht auch nicht mit einem Gaul aus dem Schlachthaus. Dafür brauchst du ein richtig gutes Pferd."

Ruby nickte. „Wenn ich in Berlin geblieben wäre, hätte ich im November mein erstes Reitturnier."

„Dressur oder Springreiten?", fragte Grace.

„Springen."

„Das mach ich auch", erwiderte Grace. „Meine Trainerin ist Miyu Tanaka."

Der Name sagte Ruby nichts. Aber Graces Miene nach zu urteilen, musste man ihn kennen.

„Die Olympiasiegerin", erklärte sie. „Silber im Vielseitigkeitsreiten 2016. Sie hat auch schon vier Bronzemedaillen."

„Aha", sagte Ruby. „Patrice ist, glaub ich, auch schon bei der Olympiade angetreten."

„Ja, aber das ist ewig her. Inzwischen ist er doch ... Na ja, echt schlimm, was ihm passiert ist." Grace zog ihren Zopf noch mal fest, während sie den Kopf vor dem Spiegel hin und her drehte.

Ruby hatte keine Ahnung, was Grace meinte, aber sie wollte nicht nachfragen.

„Wie viele Turniere bist du denn schon geritten?", erkundigte sie sich stattdessen, während sie den Waschraum verließen.

Graces Mundwinkel wanderten nach unten. „Weiß ich gar nicht so genau. Irgendwann hört man auf zu zählen. Letzten Monat bin ich Juniorenmeisterin in der Kategorie B15 geworden."

Ruby fragte sich gerade, was B15 bedeutete, als ihr Herz einen kleinen Hüpfer machte. Weil nämlich Amir um die Ecke bog und genau auf sie zukam. Jetzt hatte er sie ebenfalls entdeckt. Rubys Wangen wurden heiß, als er sie anlächelte. Hoffentlich wurde sie nicht rot.

„Hi", sagte sie im selben Moment wie Grace neben ihr.

„Das ist der wahre Grund, warum alle zur Ocean Ranch rennen", raunte Grace ihr zu, nachdem Amir weitergegangen war.

Ruby sah ihre Klassenkameradin verständnislos an. „Was meinst du?"

„Amir. Die Mädchen sind verrückt nach ihm."

„Echt?" Ruby spürte, wie ihre Brust ganz eng wurde.

„Na hör mal." Grace versetzte ihr einen kumpelhaften Hieb mit dem Ellenbogen. „Hast du dir den mal genau angeguckt? Amir ist doch total süß. Und er reitet auch super. Ich hoffe bloß, dass er es sich eines Tages überlegt und wieder zurück zu Hegarty's kommt."

„Amir war auch bei Hegarty's?", fragte Ruby überrascht.

„Er war richtig gut. Aber dann ist er irgendwie mit John – also Mr Hegarty – aneinandergeraten. Das ist der Besitzer des Stalles. Keine Ahnung, was da genau passiert ist, auf jeden Fall hat Amir den Reitstall gewechselt. Aber ich weiß, dass John an ihm dran ist. Er will ihn zurückholen."

„Aha", sagte Ruby.

„Es wäre so toll, wenn er es schafft." Graces dunkle Augen sahen Ruby verträumt an. „Amir hat mich übrigens neulich ..." Sie unterbrach sich mitten im Satz und schüttelte den Kopf. „Nee, das erzähl ich dir nicht." Sie kicherte verlegen.

Inzwischen hatten sie den Pausenhof erreicht. Ruby sah Simon, Amanda und Madeleine, die auf der anderen Seite des Hofs unter dem Vordach zusammenstanden und sich unterhielten.

Sie wollte jetzt nicht zu ihnen. Sie musste erst mal darüber nachdenken, was Grace ihr gerade erzählt hatte. Oder vielmehr über das, was sie ihr *nicht* erzählt hatte.

Amir hat mich übrigens neulich ... Was?, fragte sich Ruby. Angerufen? Eingeladen? Geküsst?

Es war auf jeden Fall das Beste, sich Amir gleich wieder aus dem Kopf zu schlagen. Wenn alle Mädchen aus der Schule in ihn verliebt waren und sogar die schöne Grace auf ihn stand, dann hatte Ruby ganz bestimmt keine Chance bei ihm.

5

Ruby reitet vor

Laura hatte superschlechte Laune. Der Maler, der die Küche streichen sollte, war am Morgen nicht erschienen und ging auch nicht ans Telefon. Dabei sollte bis übermorgen alles fertig sein.

Nun hatte Rubys Mum beschlossen, das Ganze selbst zu erledigen. Sie stand in einer von Leslies alten Latzhosen auf der Leiter und war bereits über und über mit gelber Farbe beschmiert, während die Wand vor ihr immer noch ziemlich weiß war. Laura konnte fantastisch rechnen, verhandeln und organisieren, aber Handwerken war nicht ihr Ding.

„Alles klar bei dir?", fragte sie Ruby, die gerade ihre Jacke über einen der Küchenstühle hängte. Die Garderobe hatten die Fliesenleger in Beschlag genommen, die oben im Bad zugange waren. Ihre Hammerschläge dröhnten durchs ganze Haus.

„Ja. Und bei dir?", fragte Ruby zurück.

„Das willst du nicht wissen. Möchtest du einen Cupcake? Leslie hat sie heute Morgen vorbeigebracht. Die sind echt lecker." Laura deutete mit der Farbrolle auf den Tisch, auf dem ein Teller mit himbeerroten Cupcakes stand. Leider tropften nun große gelbe Kleckse auf den Fußboden, der unordentlich mit Malerfolie ausgelegt war. „Verdammt!", schimpfte sie.

„Nein, ich hab keinen Hunger. Ich muss auch gleich wieder los."

„Ach ja? Und wo willst du hin?"

„Zur Ocean Ranch." Ruby hatte ihrer Mutter beim Frühstück erzählt, dass sie heute vorreiten sollte, aber offensichtlich hatte Laura das bei dem Renovierungsärger völlig vergessen.

„Na dann, viel Spaß!" Laura hatte sich wieder zur Wand gedreht. „Ach, übrigens, Ruby: Wir sind später bei Granny und Granddad eingeladen. Um sechs gibt es Essen. Sei bitte pünktlich, ja?"

Auf dem Feldweg traf Ruby Simon, der mit seinem Rad ebenfalls zur Ranch unterwegs war.

„Cool, dass du wiederkommst", sagte er. „Ich hatte schon befürchtet, dass du bei Hegarty's anfängst. Du hast dich in der Pause so lange mit Grace unterhalten."

„Wir haben nur geredet", sagte Ruby. „Ich find sie eigentlich ganz nett."

Simon verzog das Gesicht. „Patrice hat einen neuen Patienten", berichtete er dann. „Ist heute Morgen angekommen."

„Ein Pferd?", fragte Ruby.

„Klar. Für Menschen ist Kelly zuständig."

„Und woher kommt dieser ... Patient? Hat Patrice ihn auch vor dem Schlachter gerettet?"

„Nein, ich glaube, sein Besitzer kommt nicht mit ihm zurecht. Deshalb soll Patrice ihn therapieren."

„Den Besitzer?", scherzte Ruby.

Simon grinste. „Das sagt Patrice auch immer."

„Was?"

„Na, dass er eigentlich mit den Besitzern arbeiten müsste und nicht mit den Pferden. Seiner Meinung nach sind nämlich meistens die Menschen das Problem."

Patrice stand mit der jungen blonden Frau auf dem Hof, mit der er vor zwei Tagen ausgeritten war. Sie begutachteten einen fuchsroten Hengst, der nervös hin und her trippelte.

„Da ist er ja schon!" Simon stellte sein Fahrrad so ungeschickt ab, dass es mit einem lauten Scheppern umfiel. Der Fuchs begann sofort zu schnauben und tänzelte von einem Bein auf das andere.

„Hooo!" Patrices Stimme war tief und ruhig, aber der Blick, den er Simon jetzt zuwarf, war total genervt.

Simon hob entschuldigend beide Hände und grinste verlegen.

Die junge Frau kam auf sie zu.

„Ein neues Gesicht!", begrüßte sie Ruby. „Wer bist du denn?"

„Ruby."

„Ich bin Kelly." Im Unterschied zu Patrice hatte Kelly keinen französischen, sondern einen amerikanischen Akzent. Sie stammte wohl aus dem englischsprachigen Teil Kanadas. Kelly trug Jeans und eine flattrige Blumenbluse und hatte ihr blondes Haar zu zwei kurzen Zöpfen geflochten. „Kommst du zum Reiten?"

„Genau", sagte Ruby. „Ich soll heute vorreiten."

„Ach herrje, stimmt ja." Patrice klopfte immer noch beruhigend die Flanke seines neuen Patienten. „Das hab ich komplett vergessen."

„Geht es doch nicht?", fragte Ruby angsterfüllt.

Sein Blick wanderte von ihr zu dem Fuchs. „Tja, um ehrlich zu sein, wollte ich gerade …"

„Na hör mal, Patrice", unterbrach ihn Kelly. „Versprochen ist versprochen." Sie zwinkerte Ruby zu. „Ich kann mich ja um Chili kümmern. Er muss sich sowieso zuerst ein bisschen eingewöhnen, bevor du mit ihm arbeiten kannst."

„Was ist denn mit Chili?", erkundigte sich Ruby. „Warum ist er hier?"

„Er wirft ständig seine Reiter ab." Kelly trat zu dem Fuchs und strich über die weiße Blesse auf seiner roten Stirn. „Das ist nicht sehr nett von dir, Chili."

„Und wie wollt ihr ihm das abgewöhnen?", fragte Ruby neugierig.

Patrice ging nicht auf die Frage ein. „Er kommt erst mal in den Stall." Er reichte seiner Freundin den Halfterstrick. „Danke, Kelly." Dann wandte er sich zu Ruby. „Zum Vorreiten könnt ihr Dottie satteln. Simon, zeigst du Ruby alles?"

Gemeinsam holten sie die kleine Stute von der Weide. Diesmal zäumte Ruby sie allerdings ganz allein auf. Nachdem sie Amir zugesehen hatte, wusste sie genau, wie sie das Sidepull anlegen musste.

„Du kennst dich ja schon richtig gut aus", lobte Simon sie.

Und auch Patrice war zufrieden, als er den Sitz von Sattel und Zaumzeug kontrollierte. Er öffnete das Tor zum Round-Pen für Ruby und Dottie, blieb dann aber mit Simon auf der anderen Seite des Zauns stehen.

Rubys Herz klopfte laut und aufgeregt. Aber als sie die Steigbügel vom Sattel löste und den würzigen Duft der Stute einatmete, wurde sie deutlich ruhiger.

Sie setzte einen Fuß in den Steigbügel und schwang sich nach oben. Und atmete tief durch. Hier war ihr Platz, hier gehörte sie hin. Dann blickte sie zu Patrice.

Er nickte ihr zu. „Okay, dann reite mal im Schritt an."

Als die Stute sich in Bewegung setzte, verflog auch der letzte Rest von Rubys Anspannung. Sie nahm die Schultern zurück, hielt die Ellenbogen eng am Körper und saß ganz aufrecht, so wie sie es gelernt hatte.

Das Reiten ohne Gebiss war ungewohnt, man musste die Zügel viel stärker annehmen, damit Dottie reagierte. Aber nach einer Runde um den Round-Pen hatte Ruby den Dreh raus. Nun brachte sie die Stute in den versammelten Schritt und ließ sie eine weitere Runde gehen.

Von Patrice kamen keine Anweisungen, vermutlich wollte er erst mal die verschiedenen Gangarten sehen. Ruby verlagerte ihr Gewicht nach vorn, presste die Schenkel in Dotties Seiten und trat mit den Hacken leicht gegen ihre Flanken.

Die Stute griff den Impuls sofort auf, beschleunigte ihr Tempo und fiel in den Trab. Rubys Körper hob und senkte sich im Sattel im Rhythmus ihrer Schritte.

Nach zwei Runden Leichttraben ging sie zum

Aussitzen über. Damit hatte sie lange große Schwierigkeiten gehabt, aber heute gelang es super. Wie auf ein Stichwort rissen jetzt auch noch die Wolken auf.

Als die Sonnenstrahlen in den Round-Pen fielen und die Regenpfützen zum Funkeln brachten, hätte Ruby am liebsten laut gejubelt. Es war so herrlich, endlich wieder zu reiten. Dottie war nicht besonders gut ausgebildet, die Stute bewegte sich ziemlich schwerfällig und unausgeglichen. Doch Ruby holte das Beste aus ihr heraus.

Wieder presste sie die Schenkel gegen die Pferdeflanken und beugte sich nach vorn, um Dottie in den Galopp zu bringen, als Patrice in die Hände klatschte.

„Danke, Ruby!", rief er.

„Was?" Sie zügelte Dottie und sah ihn ungläubig an. „Aber ich hab doch gerade erst angefangen."

„Kümmerst du dich um Dottie, Simon?", fragte Patrice, ohne auf ihre Frage einzugehen.

„Ich lass sie aufgetrenst", erwiderte Simon. „Amir und ich wollen gleich noch ausreiten."

Patrice nickte geistesabwesend. „Du kommst bitte mit ins Haus, Ruby. Da können wir reden."

6

Am Meer

Von innen wirkte das Farmhaus noch älter als von außen. Der dunkle Flur, durch den Patrice Ruby führte, war mit schweren Steinplatten ausgelegt. An der Decke zogen sich dicke Holzbalken entlang.

Die Küche war dagegen hell und freundlich. Die Wände waren unverputzt, an einigen Stellen war das Mauerwerk zu sehen. Vor den alten Sprossenfenstern hingen geblümte Gardinen und überall standen bunte Gefäße mit Topfpflanzen und Kräutern. Arthur lag mitten im Raum auf dem Boden wie ein zotteliger Teppich.

Als sie reinkamen, hob er kurz den Kopf, dann ließ er ihn wieder fallen und pennte weiter.

„Da seid ihr ja schon!" Kelly saß mit einem Buch am Küchentisch. Auf ihrem Schoß lag die dreibeinige Katze und döste ebenfalls vor sich hin. Behutsam verfrachtete Kelly Zigzag auf die Küchenbank, dann holte sie einen Krug Eistee aus einem Kühlschrank und schenkte drei Gläser ein. „Hier." Sie drückte Ruby ein Glas in die Hand. „Kleine Abkühlung nach der Anstrengung. Wie ist es gelaufen?"

„Gut", sagte Ruby. „Also, fand ich jedenfalls."

Patrices Gesicht zeigte keine Regung. Konnte er nicht wenigstens mal lächeln? Das Hochgefühl, das Ruby gerade noch erfüllt hatte, war plötzlich weg. Ihre Hände begannen zu schwitzen.

„Oder etwa nicht?" Ihre Stimme klang mit einem Mal heiser.

Patrice deutete wortlos auf einen der bunten Stühle. Er selbst setzte sich ein wenig umständlich hin und atmete danach tief durch. Rubys Herz hämmerte jetzt richtiggehend.

Sie hatte ihn nicht überzeugt. Aber warum nicht? Es hatte doch alles super geklappt.

„Du bist also mit dir zufrieden?", fragte Patrice, ohne sie dabei anzusehen.

Ruby zuckte mit den Schultern. „Ja ... schon."

Er nickte. Sie wusste jedoch, dass das keine Zustimmung war.

„Was, meinst du, würde Dottie sagen, wenn sie sprechen könnte?", erkundigte er sich dann.

Sie sah ihn entgeistert an. Was sollte das denn?

„Keine Ahnung", krächzte sie.

„Ich kann es dir sagen." Patrice legte die Hände um das Glas, das Kelly ihm hingeschoben hatte, aber er trank nicht. „Sie war nicht gerade angetan von dem Vorreiten."

„Sie war nicht ...?" Nun versagte Rubys Stimme. Patrice machte sich über sie lustig, das war die einzig mögliche Erklärung.

„Wenn ein Pferd sich wohlfühlt, kaut und leckt es. Es spielt mit den Ohren und bewegt sich ruhig und ausgeglichen. Keines dieser Anzeichen war bei Dottie zu sehen. Sie hat die ganze Zeit versucht, von dir wegzukommen."

„Wie bitte?", fragte Ruby empört. „Aber das lag ja wohl daran, dass sie mich nicht kennt. Und ich kenne sie auch nicht. Ich meine, ich hab sie gestern zum ersten Mal gesehen."

Patrice nickte erneut. „Das ist mir klar, Ruby. Aber so, wie du im Sattel sitzt, wird sie sich nie entspannen."

„Wie sitze ich denn im Sattel?" Ruby war jetzt richtig wütend. Wieso hackte Patrice so auf ihr rum? Konnte er nicht irgendwas Nettes sagen, bevor er sie auseinandernahm?

„Du reißt an den Zügeln, anstatt deinem Pferd leichte Impulse zu geben. Deine Oberschenkel quetschen das Tier richtig ein. Und du trittst es ständig, ist dir das nicht aufgefallen?"

„Ich bin dieses Zaumzeug nicht gewohnt", verteidigte sich Ruby. „An einer richtigen Trense muss man nicht so ziehen, aber dieses Sidepull ..."

Sie verstummte, als Patrice die flache Hand hob und eine sachte Bewegung nach unten machte. „Ganz ruhig, Ruby. Ich mach dir keine Vorwürfe. Ich vermute mal, du hast das Reiten so gelernt."

„Ich hatte in Berlin eine echt gute Trainerin."

Rubys Stimme zitterte. Der alte Holztisch mit dem Blumenstrauß und den Teetassen begann, vor ihren Augen zu verschwimmen. Sie wischte sich verstohlen mit den Handrücken übers Gesicht. Jetzt bloß nicht losheulen!

„Eine gute Trainerin?" Patrice stieß ein spöttisches Lachen aus. „Ich würde sagen ..." Aber nun war er es, der sich mitten im Satz unterbrach. Kelly war nämlich hinter ihn getreten und legte ihm ihre Hand auf die Schulter. Sie schmiegte ihre Wange an sein Gesicht und flüsterte ihm etwas ins Ohr.

Er rieb sich einen Moment lang das Kinn, während seine Backenknochen mahlten, dann erhob er sich abrupt. „Also, wenn du Lust hast, können wir gerne daran arbeiten." Danach verließ er die Küche, ohne sich zu verabschieden.

„Puh", sagte Kelly und ließ sich auf dem Stuhl nieder, auf dem Patrice gerade noch gesessen hatte. „Sorry, Ruby."

„Kein Problem." Man hörte sofort, dass das eine Lüge war. Rubys Stimme schwamm vor Tränen.

„Patrice kann mit Pferden wirklich super umgehen." Kelly nahm einen Schluck Eistee aus dem Glas, das Patrice nicht angerührt hatte. „Aber wenn es um Menschen geht, ist er manchmal eine Katastrophe. Er meint es nicht böse, Ruby. Ich bin mir sicher, dass er sehr gerne mit dir trainieren würde." Sie reichte Ruby ein Taschentuch. „Weißt du was?" Kelly klopfte mit beiden Handflächen auf den Tisch und stand wieder auf.

„Wir gehen runter ans Meer. Das wird uns guttun."

Ein Spaziergang? Darauf hatte Ruby nun wirklich keine Lust. „Ich ... äh ... also ..."

Kelly schien sie gar nicht zu hören. „Wir laufen ein Stück den Strand entlang und lassen uns den Wind um die Nase blasen. Arthur kommt mit." Sie pfiff leise durch die Zähne. Der Hund machte keine Anstalten, sich zu erheben.

„Arthur!"

Nun machte er ein Auge auf und klappte es sofort wieder zu.

„Wird's bald?", sagte Kelly streng. „Los, auf geht's!" Und das galt auch für Ruby, das war ihr klar.

Sie nahmen nicht nur Arthur mit, sondern auch Chocolate, die hübsche dunkelbraune Stute, die Simon gestern geritten hatte. Als sie den steilen Pfad hinuntergingen, der zum Meer führte, fielen Ruby die seltsamen Striemen auf, die die Flanken der Stute überzogen.

„Was hat sie denn da?", fragte sie und deutete auf die langen Wülste auf der Haut.

Kelly verzog das Gesicht. „Das sind Narben. Ihr früherer Besitzer hat sie gerne mal gepeitscht."

„Das ist ja schrecklich", flüsterte Ruby.

Im Gehen strich Kelly sanft über den Hals der Stute. „Die Gute hat echt was mitgemacht. Sie war in einem erbärmlichen Zustand, als sie zu uns gekommen ist."

Die Kiefer der Stute malmten, ihre Zunge leckte über ihre weichen Lippen.

Wenn ein Pferd sich wohlfühlt, kaut und leckt es, hatte Patrice vorhin gesagt.

Nun hatten sie den Abstieg beendet und betraten den weißen Strand. Das Meer glitzerte hellblau, die Wellen schlugen mit einem leisen Klatschen auf den Sand. Auf einem großen Stein, der aus dem Wasser ragte, saßen zwei Möwen und schnäbelten.

Ruby spürte, wie ihre Brust weit und frei

wurde. Kelly hatte recht gehabt, es war gut, dass sie hier runtergekommen waren.

Sogar Arthur kam jetzt in Bewegung. Er zog aufgeregt an der Leine und als Kelly sie löste, stob er bellend zum Wasser und stürzte sich hinein. Die Möwen flatterten mit einem empörten Kreischen auf und flogen davon.

„Gib der Ocean Ranch noch eine Chance, Ruby." Kelly lächelte sie an. „Du wirst es bestimmt nicht bereuen."

Bevor Ruby antworten konnte, erklangen hinter ihnen laute Hufschläge. Zwei Pferde galoppierten über den Strand auf sie zu. Auch Arthur hatte sie bemerkt, er kam wieder aus dem Meer und raste mit tropfendem Fell zu den Reitern.

Es waren Simon und Amir. Sie hielten nicht an, als sie Kelly und Ruby erreicht hatten, sondern stoben an ihnen vorbei. Im Vorüberreiten stieß Simon einen lauten Triumphschrei aus, Amir hob kurz die Hand und grüßte.

Arthur stürmte mit wehendem Schwanz hinter ihnen her, aber er hatte keine Chance, die Pferde waren zu schnell für ihn. Nach einer Weile gab er auf und kehrte mit hängenden Ohren zurück zu Kelly und Ruby.

„Sei nicht traurig." Kelly streichelte sein nasses Fell. „Bei uns ist es doch auch schön."

Ruby lächelte wehmütig. Sie wusste genau, wie Arthur sich fühlte. Am liebsten hätte sie sich auf Chocolates Rücken geschwungen und wäre den Jungen nachgeprescht. Sie waren inzwischen nur noch winzige Punkte am Horizont und dann verschwanden sie ganz.

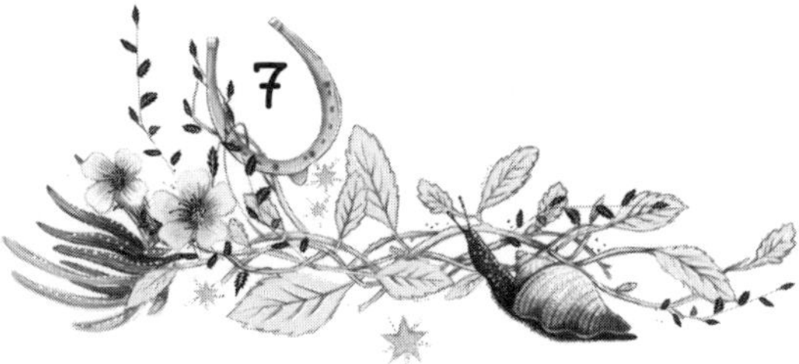

7

Hegarty's

Ruby war viel zu spät. Erst auf dem Nachhauseweg war ihr das Abendessen bei ihren Großeltern wieder eingefallen. Sie war direkt zu dem kleinen, mit Kletterrosen überwucherten Haus gefahren, das am anderen Ende von Bickerick stand.

Als sie an der Tür klingelte, hörte sie die Kirchturmglocken läuten. Halb sieben. Um sechs hätte sie hier sein sollen. Und zu allem Überfluss, das wurde ihr jetzt erst bewusst, war sie total dreckig und roch stark nach Pferd.

„Hallo, Ruby-Schatz!" Das runde Gesicht ihrer Großmutter leuchtete auf, als sie die Tür öffnete und Ruby sah. „Da bist du ja endlich." Sie umarmte ihre Enkeltochter und gab ihr einen Kuss. „Hm, du riechst aber lecker. War es schön beim Reiten?"

Das war typisch Granny. Bestimmt fand sie den Stallgeruch nicht sehr angenehm, aber das hätte sie Ruby niemals spüren lassen.

„Sorry, dass ich zu spät bin", sagte Ruby.

„Jetzt bist du ja da." Granny legte ihren Arm um sie und zog sie ins Haus.

Der enge Flur hing voller Bilder und Fotos. Sie zeigten Laura und Leslie als blonde Mädchen, in Badeanzügen am Meer und wie sie einen Drachen steigen ließen. Granny, die die neugeborene Ruby auf dem Arm hatte, und Grandpa Mark, der mit ihr Fahrrad fahren übte.

Im Wohnzimmer saßen Laura, Leslie und Grandpa bereits am Tisch. Ein Blick ins Gesicht ihrer Mutter und Ruby wusste, dass sie die Verspätung nicht so locker nahm wie Granny.

„Verflixt noch mal, Ruby ...", begann Laura.

„Scht!", unterbrach Granny sie. „Jetzt wird nicht geschimpft, sondern gegessen. Wasch dir schnell die Hände, Ruby. Und du hilfst mir beim Auftragen, Laura."

Es gab einen Kartoffeleintopf, der so wunderbar duftete, dass Rubys Magen wild zu knurren begann, als sie wieder ins Wohnzimmer kam.

„Du liebe Zeit!" Grandpa Mark drehte sich erschrocken zu ihr um. „Ist hier ein Wolf im Haus?"

„Nein, ich hab nur einen Bärenhunger!", rief Ruby.

Zum Glück schien ihrer Mutter entfallen zu sein, dass Ruby heute in der Ocean Ranch vorgeritten war. Ruby hatte nämlich überhaupt keine Lust, darüber zu reden.

Es war toll, dass Patrice gequälten Tieren wie der armen Chocolate eine neue Heimat gab. Und seine Arbeit mit Chili und anderen verstörten Pferden machte er bestimmt auch sehr gut.

Aber Ruby wollte reiten, anstatt bis in alle Ewigkeit mit einem Pferd am Halfter spazieren zu gehen. Und bis Patrice sie für erfahren genug hielt, dass er sie den Strand entlanggaloppieren ließ, hätte sie wahrscheinlich die ersten grauen Haare.

Während sie aßen, erzählte Laura von der Renovierung und schimpfte über die unzuverlässigen Handwerker.

„Der Maler hat mich einfach hängen lassen. So was gibt's doch nicht!"

„Warum hast du denn nicht angerufen, Laura?", fragte Grandpa. „Morgen komm ich vorbei und helf dir beim Streichen. Das kriegen wir schon hin."

„Jetzt ist aber mal Schluss mit dem Thema!", rief Tante Leslie schließlich. „Erzähl doch mal ein bisschen von der Ocean Ranch, Ruby. Wie gefällt es dir da?"

„Ganz gut", sagte Ruby. „Aber ich glaube, das ist nicht das Richtige für mich."

„Wieso denn nicht?" Leslie ließ den Löffel sinken, den sie gerade in den Mund schieben wollte. „Ich finde den Hof echt schön. Was da alles rumkriecht und -fliegt … Patrice ist ja ein bisschen seltsam, aber er hat ein Herz für Tiere – das muss man ihm lassen."

„Neulich stand ein Artikel über ihn in der Zeitung", sagte Granny. „Er war früher mal ein richtig berühmter Reiter. Habt ihr das gewusst?"

Rubys Mutter nickte. „Er hat sogar eine Medaille bei Olympia geholt", sagte sie. „Steht in Wikipedia."

„Na, und dann kam dieser schlimme Unfall." Granny seufzte bekümmert.

Ruby musste sofort wieder an Grace und ihre Andeutungen denken. „Weißt du, was damals passiert ist?", fragte sie.

Granny tupfte sich mit der Serviette über den Mund. „Der Arme wurde von seinem eigenen Pferd fast zu Tode getrampelt. Sie mussten ihm das Bein abnehmen. Das hat mir Mrs Blue erzählt."

„Was?" Rubys Stimme überschlug sich vor Entsetzen. „Patrice hat nur ein Bein? Bist du sicher?"

„Wenn Mrs Blue es sagt, wird es wohl stimmen", sagte Granddad. „Sie ist Friseurin und weiß einfach alles."

Da war dieses leichte Hinken, wenn Patrice ging. Und vorhin in der Küche hatte er sich ein bisschen umständlich hingesetzt.

„Aber er reitet doch immer noch so gut", sagte Ruby.

„Heute gibt es ja auch tolle Prothesen." Granny stellte die Suppenteller zusammen. „Will jemand noch Nachtisch?"

„Was gibt's denn?", fragte Laura.

„Trifle."

Das war Rubys Lieblingsnachtisch! Eine Mischung aus Biskuit, Pudding, Beeren und Sahne.

„Au ja!", rief sie. „Ich hätte gerne welchen."

„Sonst wäre ich auch beleidigt", erwiderte Granny und verschwand in der Küche.

„Ich finde es echt beeindruckend, dass Patrice immer noch mit Pferden arbeitet", sagte Tante Leslie. „Nach allem, was passiert ist."

„Ja, aber er ist auch komisch", fand Ruby.

„Komisch?", fragte Laura. „Wie meinst du das?"

„Er ist so ernst und streng. Und er gibt auch keine Einzelstunden, nur Gruppenunterricht."

„Es gibt ja noch einen anderen Reiterhof in Bickerick", sagte Granny, die jetzt den Nachtisch hereinbrachte.

„Ich weiß", sagte Ruby. „Hegarty's."

„Mr Hegarty kenne ich aus dem Tennisclub", erklärte Grandpa. „Wir spielen manchmal zusammen, obwohl er viel besser ist als ich. Ein sympathischer Mann."

„Das klingt gut", sagte Laura. „Dann probier das doch mal aus, Ruby."

Hegarty's war das komplette Gegenteil der Ocean Ranch. Hier war alles neu, modern, glänzend und aufgeräumt. Der Hof war sauber gefegt und der große Reitstall mit dem Solardach wirkte, als würde er zweimal am Tag geschrubbt werden.

Die Boxen waren nicht aus verwittertem Holz,

sondern aus Metall, und die Reitstunden fanden auch nicht in einem unebenen Round-Pen statt, sondern in einer großen Reithalle mit hohem Glasdach.

Grace hatte Ruby überall herumgeführt und jetzt standen sie vor einem der Paddocks, in dem eine wunderschöne Stute Heu aus einer Raufe zupfte. Sie hatte ein silberfarbenes Fell, ihre Mähne und ihr Schweif waren so weiß wie frisch gefallener Schnee. Aber das Seltsamste waren ihre Augen. Eines war blau, das andere tiefbraun.

„Tatataa!", machte Grace. „Darf ich vorstellen? Das ist mein Pferd: Fantasy."

„Wow." Ruby streckte die Hand aus, um die Stute zu streicheln. Aber bevor sie sie erreicht

hatte, schnellte Grace nach vorn und drückte Rubys Arm nach unten. „Nicht anfassen! Das mag sie überhaupt nicht."

Fantasy, die bisher ganz ruhig gewesen war, riss erschrocken den Kopf nach oben und wieherte laut. Ihre verschiedenfarbigen Augen waren so stark geweitet, dass man das Weiße sah.

„Sorry." Ruby biss sich auf die Lippen. „Ich konnte ja nicht wissen … Ist das wirklich deine?"

„Offiziell gehört sie John – also Mr Hegarty. Aber ich darf sie reiten. Und niemand sonst."

„Echt?" Ruby konnte den Blick nicht von der Stute wenden. Fantasy wirkte sehr zerbrechlich und gleichzeitig unglaublich kraftvoll. Eine seltsame Mischung.

„John ist selbst zu schwer für Fantasy. Aber für mich ist sie perfekt. Und nun ist sie mein Turnierpferd."

„Da hast du echt Glück gehabt." Rubys Finger kribbelten. Sie hätte Fantasy so gerne gestreichelt. Die Stute hatte sich inzwischen beruhigt, sie musterte Ruby wachsam.

„Diese Augen", murmelte Ruby.

„Kleiner Schönheitsfehler." Grace klang plötzlich ärgerlich. „Ist halt so."

„Ist doch nicht schlimm." Im Gegenteil, die verschiedenfarbigen Augen gaben der Stute etwas Rätselhaftes. Fantasy, der Name passte perfekt.

„Komm jetzt!" Grace zog Ruby am Ärmel vom Paddock weg. „Wir müssen in die Halle. Matt wartet wahrscheinlich schon."

Als Ruby Grace gefragt hatte, ob sie vielleicht mal eine Probestunde bei Hegarty's nehmen könnte, hatte ihre Klassenkameradin sofort dort angerufen und einen Termin vereinbart. Ihre eigene Trainerin nahm keine neuen Schüler mehr an.

„Miyu ist mit den Profis ausgelastet", hatte Grace erklärt. Aber Matt Calahan, der andere Reitlehrer, würde gerne mit Ruby trainieren.

Im Hof kam ihnen ein hochgewachsener, athletischer Mann entgegen, dessen blondes Haar in der Sonne glänzte.

„Hallo, John!", rief Grace. Und an Ruby gewandt sagte sie leise: „Das ist Mr Hegarty."

Mr Hegarty lächelte und enthüllte dabei eine

Reihe blitzend weißer Zähne. „Hallo, Grace. Alles klar bei dir?"

„Mir geht's super", erklärte Grace. „Das ist Ruby. Sie möchte hier reiten."

„Hi, Ruby." Mr Hegarty reichte ihr die Hand. Mit seinem braun gebrannten Gesicht und den strahlend blauen Augen sah er aus wie ein Hollywood-Schauspieler. Und dieses Lächeln! Er wirkte, als hätte er den ganzen Tag nur auf die Begegnung mit Ruby gewartet. Was für ein Unterschied zu dem griesgrämigen Patrice! „Hast du denn schon mal auf einem Pferd gesessen?"

Ruby nickte. „Ich reite schon lange."

„Ruby kommt aus Berlin", sagte Grace, als erklärte das alles. „Sie hat gleich eine Reitstunde bei Matt."

„Nee, das wohl eher nicht", sagte Mr Hegarty.

„Wie jetzt?", fragte Grace.

„Matt ist krank. Er hat mich gerade angerufen." Mr Hegarty betrachtete Ruby nachdenklich. „Willst du mir vorreiten? Und dann überlegen wir mal, was wir machen?"

„Klar." Rubys Stimme bebte vor Aufregung. Sie räusperte sich. „Gerne."

„Am besten, ihr sattelt Sandor." Nun sah Mr Hegarty Grace an. „Hilfst du deiner Freundin?"

„Ist Sandor im Stall?"

Mr Hegarty nickte. „Wir treffen uns in einer Viertelstunde in der großen Halle. Einverstanden?"

„Super. Danke schön", sagte Ruby.

„Ich habe zu danken. Bis gleich!" Mr Hegarty hob seine Fäuste und schenkte ihr ein strahlendes Lächeln.

8

Miyu Tanaka

Puh, wenn Grace einmal losgelegt hatte, konnte sie einem echt das Ohr abquatschen. Während Ruby Sandor sattelte, quasselte Grace die ganze Zeit auf sie ein.

„Matt ist schon okay, aber Miyu ist die Beste", schwärmte sie. „Malcom Brimble hat mit ihr gearbeitet. Und Jessica Wilson-Cue. Fantasy ist übrigens die Tochter von Othello, das ist das Pferd von Jessica Wilson-Cue. Und die Mutter von Fantasy ist First Lady, die hat früher Hank de Buysen geritten."

Ruby schwirrte der Kopf. Ihr sagten diese

Namen überhaupt nichts. Aber Grace wusste genau, wer welches Pferd bei welchem Turnier geritten und welchen Pokal dafür gewonnen hatte. Ihre Eltern ritten selbst. Sie waren zwar keine Profireiter, sondern Anwälte, aber sie kannten alle wichtigen Leute der internationalen Reitszene. Und sie waren eng mit John Hegarty befreundet.

Ruby legte Sandor das Mundstück an und zog das Zaumzeug über seine Ohren. Zum Glück wurden bei Hegarty's ganz normale Trensen verwendet.

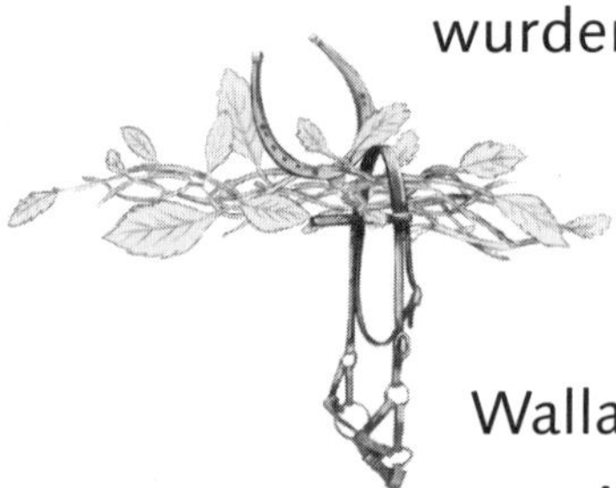

Sie war ziemlich nervös, als sie den braunen Wallach in die Reithalle führte, wo Mr Hegarty schon auf sie wartete. Neben ihm stand eine schlanke Asiatin mit langen schwarzen Haaren, die so glatt und glänzend waren, als hätte sie sie gerade frisch gebügelt.

„Miyu!", rief Grace überrascht. „Was machst du denn hier?"

„Miyu hat gerade etwas Zeit, da hab ich sie gefragt, ob sie zugucken will", erklärte John Hegarty. „Natürlich nur, wenn dir das recht ist, Ruby."

„Klar", sagte Ruby. Sie lächelte Miyu Tanaka an, aber die junge Frau verzog keine Miene.

Ihre Haut war so hell und glatt wie Porzellan. Sie wirkte total jung. Wie konnte sie da mit all den Berühmtheiten trainiert haben, von denen Grace gerade gesprochen hatte?

Mr Hegarty klatschte in die Hände. „Dann mal los!"

Während Ruby mit Sandor in die Mitte der Reitfläche trat, ging Grace zum Rand. Auch Miyu Tanaka stellte sich an die Bande, allerdings ein ganzes Stück von Grace entfernt. Obwohl Ruby sie nicht ansah, spürte sie ihren prüfenden Blick.

Genau wie bei ihrem Vorreiten in der Ocean Ranch verflog Rubys Aufregung, als sie im Sattel saß. Sie fühlte sich so sicher und wohl auf dem Pferderücken. Egal was Patrice oder Mr Hegarty oder Miyu Tanaka sagten, sie würde niemals aufhören zu reiten.

John Hegarty ließ sie Sandor erst mal in den Schritt bringen. Nach einer Runde um den Reitplatz sollte sie in den versammelten Schritt wechseln.

„Kannst du auch starken Schritt?", fragte er dann.

Ruby ritt eine halbe Parade, gab die Zügel ein bisschen nach und brachte Sandor durch leichten Schenkeldruck und Beckenhilfe dazu, seine Schritte zu vergrößern. Der Wallach war gut ausgebildet und reagierte sofort auf ihre Hilfen.

Mr Hegarty ließ Ruby leichttraben und aussitzen und zum Schluss durfte sie ein paar Runden galoppieren.

„Was kannst du sonst noch?", erkundigte er sich, nachdem Sandor wieder zum Stehen gekommen war. „Rückwärtsrichten? Schon mal gemacht?"

Anstelle einer Antwort ließ Ruby den Wallach ein paar Schritte zurückgehen. Dann brachte sie ihn erneut in den Galopp, absolvierte einen fliegenden Galoppwechsel und zum Schluss eine halbe Pirouette. Das hatte sie erst vor ein paar Monaten gelernt und es klappte einwandfrei.

„Und jetzt?" Ruby schaute zuerst John Hegarty an, dann blickte sie zu Miyu Tanaka. Die dunklen Augen der Trainerin waren so kalt wie ein Glas eisgekühlte Cola.

John Hegarty bedachte Ruby dagegen mit einem warmen Lächeln. „Absteigen! Und zu mir kommen, bitte."

Ruby klopfte Sandors Hals und lobte ihn, bevor sie zu dem Hofbesitzer trat.

„Na, das war ja wohl stark, was du uns da geboten hast", sagte Mr Hegarty. „Gut gemacht, Ruby!"

„Danke." Ruby spürte, wie sie vor Freude rot wurde.

„Was meinst du, Miyu?", fragte Mr Hegarty die Trainerin, die ebenfalls zu ihnen getreten war.

Ruby hatte das Gefühl, dass die ganze Welt mit einem Ruck zum Stehen kam, während Miyu überlegte. Ihr ebenmäßiges Gesicht war unbewegt, nur an ihrer Schläfe zuckte eine Ader.

„Da gibt es noch viel zu tun", sagte sie schließlich. Ihre Stimme war überraschend hoch und hell.

„Aha", sagte Mr Hegarty.

„Ich würde es machen", verkündete Miyu.

„Holla, die Waldfee!", rief Mr Hegarty überrascht. „Die berühmte Miyu Tanaka nimmt dich als Schülerin. Was sagst du dazu, Ruby?"

„Wahnsinn." Diese Antwort kam allerdings nicht von Ruby, sondern von Grace, die plötzlich neben ihr stand. „Das ist ja wohl ... krass!"

Miyus Mundwinkel hoben sich ein winziges Stück. Es war nur die Andeutung eines Lächelns, denn der Rest ihres Gesichts blieb vollkommen ungerührt, doch Ruby hatte das Gefühl, dass ihr die Trainerin soeben eine Krone aufs Haupt gedrückt hatte.

„Danke schön", brachte sie mühsam heraus.

„Unsere kleine Grace hat ab sofort Konkurrenz", dröhnte John Hegartys Stimme durch die Halle. „Aber das ist ja nie verkehrt."

Grace fand den Scherz offensichtlich nicht sehr lustig. Einen Moment lang verzog sich ihr Gesicht. Doch dann lächelte sie und umarmte Ruby.

„Zieh dich warm an", flüsterte sie ihr zu. „Miyu kann ganz schön hart sein."

Simon, Amanda und Madeleine konnten es nicht fassen, als Ruby ihnen erzählte, dass sie sich für Hegarty's entschieden hatte.

„Wieso denn? Auf der Ocean Ranch ist es doch viel lustiger", sagte Amanda.

„Mir geht es aber ums Reiten", sagte Ruby. „Bei Hegarty's lern ich einfach mehr."

„Aber da quälen sie die Pferde." In Madeleines rundem Gesicht zeigte sich Abscheu.

„Was für ein Schwachsinn!" Rubys Stimme wurde schrill vor Wut. „Ihr kennt den Reitstall doch gar nicht."

„Patrice sagt immer ...", begann Madeleine.

„Du solltest dir lieber mal deine eigene Meinung bilden", unterbrach Ruby sie. „Komm doch einfach vorbei und schau dir das Ganze an. Dann wirst du sehen, wie gut es den Pferden geht."

„Ich find's okay, wenn du da reiten willst", lenkte Simon ein. „Du kannst ja trotzdem zur Ocean Ranch kommen und auch bei uns mitmachen."

„Klar", sagte Ruby versöhnlich. „Warum nicht." Obwohl sie sich ziemlich sicher war, dass sie dafür gar keine Zeit mehr haben würde.

Sie hatte ab sofort zweimal die Woche Reitunterricht bei Miyu Tanaka und an einem weiteren Tag Longiertraining bei Matt Calahan, den sie bisher noch nicht kennengelernt hatte.

Vorausgesetzt, ihre Mutter war bereit, das Ganze zu bezahlen. Der Reitunterricht bei Hegarty's war nämlich leider ein ganzes Stück teurer als auf ihrem früheren Reiterhof.

„Das kostet fast doppelt so viel wie in Berlin", hatte Laura gesagt, als Ruby ihr gestern Abend die Preisübersicht gezeigt hatte.

„Miyu ist ja auch ein Vollprofi", erwiderte Ruby. „Die kostet natürlich mehr."

„Frau Hilchenbach war doch auch nicht gerade eine Anfängerin." Laura blickte kritisch drein. „Also, ich weiß nicht. Wie wäre es, wenn ich erst mal meinen neuen Job anfange, und danach schauen wir weiter? Bis dahin kannst du doch einfach in der Ocean Ranch reiten."

„Das ist gar nicht nötig", sagte Ruby. „Mr Hegarty hat mir einen Schnuppermonat angeboten. Um zu sehen, ob es mir überhaupt gefällt."

„Und der ist dann umsonst?", fragte Laura.

„Nein, aber er kostet nur die Hälfte."

Laura stieß ein ungläubiges Lachen aus. „Der hat sie ja wohl nicht alle!"

An diesem Punkt war Ruby super sauer geworden. Ihre Mutter war so ungerecht! Ruby hatte alles aufgegeben – ihren Reitstall, ihre Schule, ihre Freunde. Nur um mit Laura nach England zu ziehen. Und jetzt tat sich diese Wahnsinnschance für sie auf und ihre Mutter kam mit kleinlichen Einwänden.

„Dann zahl ich den Schnuppermonat eben von meinem Spargeld!", hatte sie wütend erklärt und war aus dem Zimmer gestürmt.

Schon nach der ersten Reitstunde war sie sich sicher, dass Hegarty's der richtige Reitstall für sie war. Und mit jeder weiteren Stunde stieg die Gewissheit.

Grace hatte nicht übertrieben: Miyu Tanaka konnte ganz schön hart sein. Frau Hilchenbach war auch ziemlich streng gewesen, aber sie hatte Ruby auch viel gelobt. Miyu lobte eigentlich nie. Sie sah mit unbewegter Miene dabei zu, wie Ruby ihre Hufschlagfiguren übte oder das Stangentraining absolvierte. Und ließ sie jede einzelne Übung wieder und wieder machen.

Wenn Ruby einen richtig guten Tag hatte, dann nickte Miyu am Ende der Stunde und zog die Mundwinkel kurz nach oben. Danach tanzte Ruby aus der Reithalle und trällerte auf dem Nachhauseweg vor sich hin.

Sie verbrachte sehr viel Zeit bei Hegarty's, denn Mr Hegarty – John, wie Ruby ihn inzwischen ebenfalls nennen durfte – ermutigte seine Schüler, auch bei den anderen Unterrichtsstunden zuzuschauen. Ruby saß häufig auf der Bank hinter der Bande, wenn Grace auf Fantasy Springen trainierte.

Die Stute faszinierte sie mehr als jedes andere Pferd.

Fantasy wirkte so schwerelos wie ein Fabelwesen. Ruby hätte sich nicht gewundert, wenn sie sich nach dem Absprung in die Lüfte erhoben hätte und aus der Halle geflogen wäre.

Ruby besuchte die Stute oft in ihrem Paddock hinter dem Stall. Sie versuchte niemals, sie zu berühren, sondern stand einfach nur an der Absperrung und sah ihr beim Fressen zu.

Inzwischen schien Fantasy sie zu erkennen. Wenn Ruby sich näherte, hob sie den Kopf und sah sie mit ihren verschiedenfarbigen Augen interessiert an.

Manchmal trat die Stute dicht ans Gatter und schnupperte an Rubys Schulter oder an ihrem Haar. Ruby blieb ganz still stehen und genoss den warmen Pferdeatem wie eine Liebkosung.

9

Ein tolles Angebot

Ruby brannte darauf, mit dem Springtraining zu beginnen, doch Miyu ließ sie wochenlang nur über Stangen und Cavalettis reiten, die sie auf dem Hallenboden auslegte. Dabei war Ruby in Berlin auch schon gesprungen. Aber das frühere Training interessierte Miyu nicht. Im Gegenteil, sie schien alles, was Ruby vorher gelernt hatte, ausmerzen zu wollen.

Als Ruby heute mit Sandor in die Halle kam, stand ein Stangenkreuz mitten auf der Reitbahn. War das ein Versehen oder hatte Miyu das Hindernis für Ruby aufgebaut?

Hoffnungsvoll blickte Ruby ihre Trainerin an. Ihr Puls beschleunigte sich, als Miyu kurz nickte. Endlich!

Nach dem Aufsteigen schloss sie einen Moment lang die Augen und konzentrierte sich auf ihren Atem. Sandor stand erwartungsvoll da. Seine Flanken hoben und senkten sich schnell, er spürte ihre Anspannung.

Ruby atmete noch einmal tief durch, dann schnalzte sie mit der Zunge, ließ die Zügel locker und Sandor trabte an. Sie brachte ihn in einen schnellen Galopp um die Reitbahn.

Als er ruhig und losgelassen lief, lenkte sie ihn nach rechts und steuerte das Hindernis mittig und frontal an. Jetzt stieß sich Sandor vom Boden ab und setzte über die Hürde hinweg. Er flog mühelos über die oberste Stange und Ruby flog mit. Ihr Magen machte einen Satz, wie wenn ein Flugzeug in ein Luftloch gerät. Und doch gab es nichts Schöneres, als zu springen!

Nach der Landung wurde Sandor langsamer, aber nun erklang Miyus glockenhelle Stimme.

„Halbe Bahn und dann noch ein Sprung", kommandierte sie.

Sie übersprangen das Kreuz achtmal. Jedes Mal hatte Ruby das Gefühl, dass sie weiter und höher flogen. Als sie Sandor nach dem letzten Sprung durchparierte, begann jemand zu applaudieren.

Ruby warf Miyu einen überraschten Blick zu, doch die Trainerin stand wie immer kerzengerade und regungslos da.

Es war John Hegarty, der die Halle betreten und Rubys Training beobachtet hatte.

„Das sieht ja schon richtig gut aus", lobte er sie. „Also, dass unser alter Sandor mal einen solchen Sprung hinlegen würde, hätte er sich wohl selbst nicht träumen lassen."

Ruby beugte sich nach vorn und klopfte den schweißnassen Hals des Wallachs. „Das hast du super gemacht, Sandor."

„Na ja, super ist was anderes", sagte John.

„Sandor ist ein Schulpferd, der reißt sich kein Bein aus."

Ruby sah ihn irritiert an.

„Das war nicht gegen dich gerichtet", sagte John. „Ich wollte euch auch gar nicht stören ..."

„Tust du aber", erwiderte Miyu kühl. „Was gibt es denn?"

„Ich hab was für Ruby." Er wedelte mit ein paar Blättern durch die Luft. „Der Probemonat ist fast vorbei und ich gehe davon aus, dass du uns auch in Zukunft erhalten bleibst. Oder, Ruby?"

Ruby nagte nervös an ihrer Unterlippe. Sie hatte gestern noch mal mit ihrer Mutter über das Thema gesprochen, aber Laura stellte sich weiterhin quer.

„Solange ich noch nicht in der Bank angefangen habe, unterschreibe ich gar nichts", hatte sie erklärt. „Und danach mal sehen. Dieser Hegarty macht mir viel zu viel Druck."

Aber Rubys Sparbüchse war nach dem Probemonat leer, die Reitstunden konnte sie auf keinen Fall finanzieren.

John schenkte ihr sein strahlendes Lächeln. „Ich hab noch ein bisschen an den Konditionen gedreht", fuhr er fort. „Ihr seid ja gerade erst umgezogen und deine Mutter ist Alleinerziehende – ich weiß, wie es ist. Wenn es irgendwelche Probleme gibt, soll sie mich anrufen. Das versprichst du mir, Ruby, ja?"

Ruby räusperte sich. „Okay. Danke schön."

„Ich hab zu danken. Kannst deiner Mutter sagen, dass ich vielleicht sogar noch ein Pferd obendrauf lege."

„Was?", fragte Ruby entgeistert.

„Natürlich nicht geschenkt." John lachte. „Ich denke darüber nach, dir Silvester zu überlassen.

Miyu hat ihn ausgebildet und wir suchen nun einen Reiter, der mit ihm bei Turnieren antritt. So wie Grace mit Fantasy. Wäre das was für dich?"

„Klar." Ruby war auf einmal so schwindlig, dass sie Schwierigkeiten hatte, sich auf Sandors Rücken zu halten. Silvester war ein prächtiger hellbrauner Araberhengst, ein klasse Pferd. „Aber warum würdest du das für mich tun?"

„Weil mir deine blauen Augen so gut gefallen." John grinste sie an und zwinkerte dabei. „Nein, Quatsch. Ich will mit meinen Tieren Turniere gewinnen. Und ich glaube, du hättest das Zeug dazu. Und wenn mich nicht alles täuscht, dann glaubt unsere liebe Miyu ..." – mit diesen Worten trat er neben die Trainerin und legte ihr einen Arm um die Schultern – „das auch."

Miyu Tanaka zog die Brauen nach oben. Die Berührung missfiel ihr, das war deutlich. John ließ seinen Arm wieder sinken.

„Kann schon sein", sagte Miyu. „Aber nur, wenn du uns nicht länger aufhältst und wir hier weitermachen können."

„Alles klar." John machte einen scherzhaften Diener, dann legte er den Vertrag auf die Absperrung der Reitbahn und verzog sich.

Ruby schwirrte der Schädel. War das wirklich wahr, was sie gerade gehört hatte, oder hatte sie das nur geträumt?

„Na klar, nimmst du das an", sagte Grace, als Ruby ihr am nächsten Tag in der Schule von Johns Angebot erzählte. „Silvester ist ein tolles Pferd. An Fantasy kommt er natürlich nicht ran, aber er hat Potenzial. Mit ihm kannst du bestimmt den einen oder anderen Preis holen."

„Ich muss meine Mum noch überzeugen, dass ich weitermachen darf", sagte Ruby.

„Bei mir ist es am Samstag wieder so weit." Grace hatte gar nicht richtig zugehört. „Fantasy und ich starten beim Manchester Junior Derby."

„Schon wieder ein Turnier?", fragte Ruby. „Ihr wart doch letztes Wochenende erst in Southampton."

„Ist eben gerade Turniersaison." Grace seufzte und verdrehte die Augen. „Wenn Fantasy bloß besser drauf wäre. Aber die bringt's in letzter Zeit nicht so richtig."

Ruby spürte einen schmerzhaften Stich in der Brust, als hätte Grace etwas Gemeines über sie selbst gesagt.

„Ist vielleicht alles ein bisschen viel", wandte sie ein.

„Na hör mal!", schnaubte Grace. „Was soll ich denn sagen? Fantasy wird im Transporter zu den Turnieren gekarrt und bekommt voll die Luxusbehandlung, erstklassiges Essen, Physio und Massage. Und ich hab den ganzen Stress. Aber ab heute Nachmittag machen wir der feinen Dame ein bisschen Feuer unter dem Hintern."

„Was soll das heißen?", fragte Ruby erschrocken.

„Fantasy wird jetzt gebarrt."

„Ge-*was*?", fragte Ruby.

„Manchmal hat man echt den Eindruck, du lebst hinter dem Mond." Belustigt verzog Grace den Mund. „Das Barren bringt Pferde dazu, höher und weiter zu springen."

„Und wie funktioniert das?"

„In dem Moment, in dem Fantasy abspringt, wird die oberste Stange am Hindernis ein Stück angehoben. Dadurch stößt Fantasy mit den Hufen dagegen – sie springt ja grundsätzlich total knapp. So lernt sie, dass sie ihrer Einschätzung nicht trauen kann und das Hindernis immer höher ist, als sie gedacht hat. Und beim nächsten Mal gibt sie mehr Gas."

„Tut ihr das nicht weh, wenn sie gegen die Stange knallt?", fragte Ruby betroffen.

„Natürlich tut das weh. Ist ja der Sinn der Sache. Aber keine Angst, ihr passiert schon nichts. Wir wollen sie ja nicht verletzen, sie soll sich einfach nur mehr anstrengen."

„Ich finde das nicht gut", sagte Ruby.

Grace lachte. „Das ist vollkommen normal im Turniersport. Jeder macht das." Dann wurde ihre Miene plötzlich ganz weich und verträumt. „Da drüben ist Amir." Sie wies mit dem Kinn zur anderen Seite des Pausenhofs.

Ruby folgte ihrem Blick und schaute direkt in Amirs pechschwarze Augen. Eine Hitzewelle stieg in ihr hoch. Sie starrte schnell zu Boden.

„Er kommt vielleicht wieder zurück zu Hegarty's", raunte Grace ihr zu. „John hat ihn gestern angerufen und ihm ein super Angebot gemacht. Er will unbedingt, dass Amir für ihn reitet."

Nun guckte Ruby doch wieder verstohlen in Amirs Richtung, der ihr inzwischen den Rücken zudrehte.

Ob er die Ocean Ranch wirklich verlassen und für Hegarty's reiten würde? Die Vorstellung war schön, aber irgendwie auch komisch. Amir bei Hegarty's. Das passte so gar nicht.

Als sie nach der Schule ihr Fahrrad aufschloss, stand Amir plötzlich vor ihr.

„Hi, Ruby", sagte er ruhig.

„Hi." Sie lächelte verkrampft, weil ihr Magen Purzelbäume schlug. Ob Amir bewusst war, welche Wirkung er auf Mädchen hatte?

„Ich hab gestern mit Hegarty telefoniert", sagte er. „Er hat richtig von dir geschwärmt."

„Hat er das?" Ruby spürte, wie ihr heiß vor Stolz wurde. „Und ich hab gehört, dass du vielleicht wieder zurückkommst."

„Zu Hegarty's?" Amir machte ein Gesicht, als ob er in eine Zitronenscheibe gebissen hätte. „Wer erzählt denn so einen Müll? Ich würde lieber sterben, als bei diesem Mistkerl zu reiten."

„Das ist doch ..." Ruby blickte ihn verwirrt an. „Wieso sagst du so was? John ist total nett."

Amir schüttelte den Kopf. „Hab ich am Anfang auch gedacht. Aber mach mal die Augen auf, dann siehst du, was auf dem Hof wirklich abgeht. Hegarty denkt nur an seinen Profit. Wie es den Pferden geht, interessiert ihn einen Dreck."

„Quatsch! John liebt seine Pferde, er tut alles für sie."

„Solange sie ihm eine Menge Preisgeld einbringen, vielleicht", sagte Amir. „Aber sobald sie nicht mehr funktionieren, werden sie aussortiert."

Ruby zuckte mit den Schultern. Es stimmte natürlich, wenn ein Pferd keine Pokale mehr gewann, wurde es ziemlich schnell verkauft. Die Turnierpferde waren nach ihrer aktiven Zeit zu unruhig und nervös, um sie noch als Schulpferde einzusetzen. Aber wenn die Tiere danach in gute Hände kamen, war dagegen doch nichts einzuwenden.

„Du willst es nicht sehen." Amir schüttelte den Kopf. „Ging mir früher genauso." Er zögerte einen Moment lang. Dann zog er einen Zettel und einen Stift aus der Tasche und kritzelte etwas darauf. „Hier." Er drückte Ruby das Blatt in die Hand.

„Was ist das?", fragte sie.

„Meine Handynummer. Wenn was ist, rufst du mich an."

Was sollte denn sein, wunderte sich Ruby. Aber bevor sie Amir fragen konnte, hatte er sich abgewandt und war weggegangen.

10

Ein mieser Plan

„Mir gefällt das Ganze nicht." Laura starrte nun bestimmt schon fünf Minuten lang auf den Vertrag von Mr Hegarty. Auf der letzten Seite musste sie unterschreiben, aber bis jetzt machte sie keinerlei Anstalten, den Kugelschreiber zu ergreifen, den Ruby ihr hingelegt hatte.

„Ich verstehe überhaupt nicht, wo das Problem ist", sagte Ruby. „Der Unterricht kostet ein bisschen mehr als früher in Berlin, aber dafür darf ich auch viel mehr reiten. Und ich krieg vielleicht sogar noch ein eigenes Pferd dazu."

„Warum macht Mr Hegarty das?", fragte Laura.

„Weil ich gut bin. Du musst mal kommen und beim Unterricht zugucken."

Ihre Mutter war schon zweimal bei Hegarty's gewesen und hatte sowohl John als auch Miyu kennengelernt. Sie gefielen ihr beide nicht. Miyu fand sie total unsympathisch und John war ihr suspekt.

„Die bauen so einen unglaublichen Leistungsdruck auf", erklärte sie jetzt. „Hin und wieder mal ein Turnier, das wäre okay. Aber deine Freundin ist jedes Wochenende im Einsatz. Das ist ja verrückt."

„Grace spielt doch in einer ganz anderen Liga. Bei mir würde es bis zum ersten Turnier noch ewig dauern." Obwohl John gestern Abend das Riverside Junior Tournament erwähnt hatte, das Mitte November in Manchester stattfand und bei dem Ruby und Silvester vielleicht starten könnten. Bis November waren es gerade mal fünf Wochen. Aber vielleicht war das auch ein Witz gewesen.

Jetzt klingelte es an der Haustür.

„Gehst du mal aufmachen?", fragte Laura.

Es war Tante Leslie. Sie trug einen knallgrünen Regenmantel und getupfte Gummistiefel, es regnete nämlich leider in Strömen.

„Hi, Süße!" Sie gab Ruby einen Kuss. „Alles fit?" Sie hob eine Papiertüte in die Höhe. „Ich hab uns was vom Chinesen mitgebracht. Hoffentlich habt ihr Hunger."

„Laura hat recht", sagte Leslie, während sie mit ihren Stäbchen in ihren gebratenen Nudeln herumstocherte. „In der Ocean Ranch sind sie doch viel entspannter als bei Hegarty's. Also, das wäre meine Wahl."

„Ihr habt aber beide keine Ahnung vom Reiten", gab Ruby genervt zurück.

Leslie lachte. „Das stimmt. Ach, übrigens gibt es am übernächsten Wochenende ein Hoffest auf der Ocean Ranch. Ich hab Patrice die Musiker vermittelt und übernehme den Kuchenverkauf. Ihr kommt doch auch, oder?"

„Nur wenn Mama vorher den Reitvertrag unterschreibt", sagte Ruby. „Bitte, Mum, bitte!"

Laura runzelte die Stirn, während sie endlich nach dem Kugelschreiber griff. „Also gut. Obwohl mir nicht wohl bei der Sache ist."

„Danke, Mama!" Ruby stellte ihre Nudeln weg und rannte um den Tisch herum, um ihre Mutter zu umarmen. „Du wirst noch stolz auf mich sein, das versprech ich dir!"

Am Montag kam Grace viel zu spät zur ersten Stunde.

Ihre Mutter brachte sie in den Klassenraum und wechselte ein paar leise Worte mit Mrs Blunt. Die Lehrerin strich Grace mitleidig übers Haar und schickte sie dann auf ihren Platz.

Ruby drehte sich besorgt zu ihrer Freundin um, die zwei Reihen hinter ihr saß.

Graces Augen waren rot geweint und verquollen. Irgendwas Schlimmes war passiert, aber was? Ruby musste bis zur Pause warten, bis sie es endlich erfuhr.

„Fantasy hat alles verpatzt", platzte es aus Grace heraus, sobald sie das Klassenzimmer verlassen hatten.

„Wie bitte?", fragte Ruby. „Was ist denn passiert?"

„Das Turnier war eine einzige Katastrophe", schluchzte Grace. „Fantasy war furchtbar drauf, sie hatte überhaupt keinen Bock. John hat sie geblistert, aber das hat auch nicht recht geholfen. Platz drei." Sie zog die Mundwinkel nach unten. „Wir hätten locker gewinnen können."

„Was heißt geblistert?", fragte Ruby.

Grace ging nicht auf die Frage ein, vielleicht hatte sie sie gar nicht gehört.

„Nach dem Durchgang war Fantasy völlig gaga", sagte sie. „Als John sie wegführen wollte, hat sie sich losgerissen und ist durchgegangen. Sie hat ein anderes Pferd verletzt und zwei Reiter fast niedergetrampelt."

„O nein!", flüsterte Ruby. „Das ist ja schrecklich! Wo ist sie denn jetzt?"

„Bei Hegarty's im Stall."

Ruby bemerkte, dass Grace Tränen in die Augen stiegen.

„Das ist jetzt schon das zweite Mal", fuhr Grace mit zittriger Stimme fort. „Vor einem Jahr ist Fantasy auch schon mal so ausgerastet. Der Tierarzt sagt, dass die Saison für sie auf jeden Fall gelaufen ist." Nun weinte sie hemmungslos los.

Ruby legte einen Arm um sie. „Komm schon, Grace. Ist doch nicht so schlimm. Die Auszeit wird Fantasy guttun und danach ist sie bestimmt besser denn je."

„Und was ist mit mir?" Grace wischte sich mit dem Handrücken über die Nase und schniefte laut. „Ich will keine Pause. Ich hatte die totale Erfolgssträhne und jetzt bricht mir das Pferd weg. Was mach ich denn jetzt?"

Grace hat nur ihre Karriere im Kopf, ihre Medaillen und Pokale, dachte Ruby. Fantasy ist ihr vollkommen egal. Was würde nun mit der Stute geschehen?

Plötzlich fiel ihr Patrice ein. Sicher könnte er Fantasy helfen. John hielt nicht viel von seiner Arbeit, das wusste Ruby. Aber vielleicht könnte sie ihn überzeugen, dem Pferdeflüsterer dennoch eine Chance zu geben.

Die restlichen Unterrichtsstunden rauschten an ihr vorbei, sie bekam nichts davon mit. Nach Schulschluss stürmte Grace aus dem Klassenraum.

Ruby versuchte nicht, ihr zu folgen. Sie hatte jetzt überhaupt keine Lust auf Graces Gejammer über ihre verpassten Karrierechancen.

Sie beschloss, direkt zum Reitstall zu fahren, um nach Fantasy zu sehen. Vielleicht traf sie ja auch John und konnte ihn vorsichtig auf Patrice ansprechen.

Eigentlich hätte sie zu Tante Leslie ins Café gehen sollen, Laura hatte heute ihren ersten Arbeitstag und wäre nicht vor fünf zu Hause. Ruby schrieb Leslie eine Nachricht, dass sie später kommen würde.

Sekunden danach kam eine knappe Antwort. *OK*, schrieb Leslie nur. Das bedeutete, dass das Café voll war und sie viel zu tun hatte.

Der Radweg nach Hegarty's führte an den Klippen entlang. Es war herrliches Herbstwetter. Die Hecken am Wegrand flackerten gelb und rot in der schräg stehenden Sonne und die Wiesen waren von einem goldenen Glanz überzogen.

In der Ferne konnte man die Ocean Ranch sehen, das kleine alte Haus mit dem buckligen Dach und daneben den Stall, der so viel schäbiger war als das helle, moderne Gebäude bei Hegarty's. Die Pferde auf der Weide. Keines der Tiere war annähernd so kostbar und schön wie Fantasy, aber es ging jedem einzelnen gut.

Oben auf den Klippen war es ziemlich stürmisch, der Wind blies Ruby frontal ins Gesicht. Es tat gut, dagegen anzutreten. Als sie im Reitstall ankam, war sie außer Atem und nass geschwitzt. Sie stellte ihr Rad in den Ständer auf dem Hof und rannte zu Fantasys Paddock.

Die Stute döste mit offenen Augen vor sich hin, aber als Ruby an die Absperrung trat, hob sie den Kopf. Es schien, als kostete sie die Bewegung große Mühe. Ihre verschiedenfarbigen Augen wirkten müde und leer. Vielleicht war das noch die Nachwirkung des Beruhigungsmittels, das der Tierarzt ihr gespritzt hatte.

Auf jeden Fall war es schwer vorstellbar, dass Fantasy vor zwei Tagen vollkommen ausgeflippt war.

Nun trat die Stute mit schleppenden Schritten ans Gatter. Und bevor sie sich richtig bewusst wurde, was sie tat, hatte Ruby die Hand ausgestreckt und auf den silberweißen Pferdehals gelegt. Wie warm und samtig sich das Fell anfühlte!

Ruby rechnete damit, dass Fantasy zurückwich, doch stattdessen drehte sie den Kopf und schnupperte an ihren Fingern. Ruby strich sanft über ihre Nase.

„Alles wird gut, Fantasy", flüsterte sie. „Ich lass dich bestimmt nicht im Stich."

Als sie sich umdrehte, sah sie John Hegartys hochgewachsene Gestalt. Er ging zusammen mit einem anderen Mann über den Hof, einem untersetzten Typen, der eine Schirmmütze trug. Jetzt schlugen die beiden den Kiesweg ein, der zu dem schicken Bungalow führte, in dem Hegarty wohnte.

Ruby rannte ihnen nach, aber bevor sie sie erreicht hatte, waren sie im Haus verschwunden. Einen Moment lang blieb sie unschlüssig stehen. Ob sie klingeln sollte? Nein, das war keine gute Idee. Sie musste allein mit John sprechen. Sie würde abwarten, bis der Typ mit der Schirmmütze wieder rauskam.

Ruby lehnte sich an einen der Bäume, die vor dem Haus standen. Von hier aus konnte man in den Garten schauen, der sich um das Haus herumzog. Sie sah einen Swimmingpool, dessen Becken allerdings leer war, und einen Teil der großen Terrasse, auf der elegante Gartenmöbel standen.

Soeben traten John und sein Begleiter nach

draußen. John zündete sich eine Zigarette an, dabei war er doch Nichtraucher.

„Das ist schon die sechste heute. Dieses verdammte Mistvieh hat mich dazu gebracht, wieder anzufangen", hörte Ruby ihn schimpfen. „Ich könnte den Gaul auf den Mond schießen."

„Lass mal!" Der andere Typ nahm auf einem der Gartenstühle Platz. „Ich hab die Bilder heute Morgen schon an einige Kunden geschickt. Das Interesse ist groß. Einer von denen nimmt sie bestimmt. Das Angebot liegt bei neuntausend."

Ruby löste sich von dem Baumstamm und huschte auf Zehenspitzen zum Haus. Sie verbarg sich an der Hauswand, sodass die beiden sie nicht bemerkten. Jetzt sah sie sie allerdings auch nicht mehr. Sie hörte nur die Stimmen.

„Neuntausend Pfund für ein Spitzenpferd wie Fantasy", knurrte John. „Das ist ein Witz! Wenn sie die Turniere gewonnen hätte, wäre sie zwanzigtausend wert. Mindestens."

„Beruhig dich", hörte Ruby den anderen erwidern. „Das ist nur der Anfang, das weißt du doch."

John blies hörbar den Rauch aus.

„So wie Fantasy drauf ist, dauert es höchstens drei, vier Wochen, bis sie das erste Mal ausrastet", fuhr der Unbekannte fort. „Glaub mir, in einem Jahr haben wir locker dreißigtausend mit ihr verdient."

„Wenn dein Plan aufgeht."

„Bei Joker hat es auch funktioniert. Vierundzwanzigtausend. Für einen Gaul mit Sehnenschaden. Das muss uns erst mal einer nachmachen."

„Meinetwegen." John stieß ein unwilliges Schnauben aus. „Tu mir einen Gefallen, Tony", sagte er dann. „Nimm sie mit. Ich will sie nicht mehr hier sehen."

Der andere Mann lachte. „Heute geht's nicht. Aber ich kann sie morgen Vormittag abholen lassen. Und dann werden andere Saiten aufgezogen, das kann ich dir versprechen. Bei mir werden die Pferde nicht so verzärtelt. Deine Prinzessin bekommt jetzt mal die Peitsche zu schmecken, aber hallo! Vielleicht strengt sie sich dann ja doch an."

„Denk an die Käufer", warnte Hegarty. „Mit Verletzungen und Narben kriegen wir den Gaul nicht los."

„Ich pass schon auf. Bin ja kein Anfänger ..." Den Rest des Satzes hörte Ruby nicht mehr, weil jetzt eine Schiebetür zuklackte. Die beiden Männer waren offensichtlich wieder ins Haus gegangen.

Ruby lehnte sich mit dem Rücken gegen die Wand. In ihrem Kopf drehte sich alles. Morgen früh wollte der Typ mit der Mütze Fantasy abholen. Und dann würden schreckliche Zeiten für sie anbrechen. Was die beiden genau planten, hatte Ruby nicht verstanden. Es war jedoch nichts Gutes, das stand fest.

11

Ein nächtlicher Ausflug

Laura war total glücklich. Ihr erster Arbeitstag war super gelaufen, beim Abendessen sprudelte sie förmlich über vor Begeisterung. Sie schwärmte von den netten Kollegen und dem neuen Büro – und Ruby war froh darüber. Auf diese Weise fiel es nicht auf, wie still sie selbst war.

Sie wollte jetzt nicht über Fantasy sprechen. Laura hätte sich nur aufgeregt. Vielleicht hätte sie John sogar angerufen, um herauszufinden, was Sache war. Und das wollte Ruby auf keinen Fall. Es würde nichts bringen, ihn zur Rede zu stellen. Sie musste anders vorgehen. Aber wie?

Als sie den Tisch abräumten, fiel ihr Amir wieder ein. *Wenn was ist, rufst du mich an*, hatte er gesagt und ihr seine Handynummer gegeben.

Und jetzt war was.

Nach dem Abspülen verzog Ruby sich in ihr Zimmer, das immer noch eine ziemliche Baustelle war. Ihre Matratze lag auf dem Boden, sie hatten es noch nicht geschafft, das Bett aufzubauen.

Ihr Finger zitterte leicht, als sie auf das Hörersymbol ihres Handys drückte. Es tutete leise.

„Hallo?" Amir meldete sich nach dem dritten Klingeln. Ruby bekam sofort eine Gänsehaut, als sie seine Stimme hörte.

„Ich bin's, Ruby", sagte sie mit klopfendem Herzen. „Ich muss dringend mit dir reden."

Weil sie furchtbar aufgeregt war, erzählte sie alles so wirr und durcheinander, dass sie sich selber kaum verstand. Als sie wiederholte, was der Typ mit der Mütze gesagt hatte, unterbrach Amir sie.

„Der will Fantasy peitschen?", fragte er ungläubig. „Sollte das ein Witz sein, oder was?"

Ruby hatte plötzlich Tränen in den Augen. „Bestimmt nicht", flüsterte sie.

Amir schwieg einen Moment lang.

„Kannst du dir vorstellen, was die mit Fantasy vorhaben?", fragte Ruby.

„Irgendein krummes Ding", sagte er. „Aber das wird ihnen nicht gelingen."

„Was sollen wir denn dagegen tun?"

„Fantasy steht draußen im Paddock, oder?", fragte Amir zurück.

„Genau." Sie hörte ihn am anderen Ende der Leitung atmen und stellte sich vor, wie sie ihren Kopf an seine Schulter schmiegte. Prompt wurden ihre Knie so weich, dass sie sich auf ihre Matratze setzen musste.

„Du willst doch nicht etwa bei Hegarty's einbrechen?", fragte sie mit belegter Stimme.

„Ich muss Fantasy da rausholen. Und zwar heute Nacht noch. Morgen wird sie abgeholt, dann ist alles vorbei."

„Ich komm mit", erklärte Ruby.

„Lass mal, Ruby", begann Amir. „Das ist …"

„Um zehn unter der Trauerweide hinter dem Stall", sagte sie und legte auf.

Rubys Fahrradlampe schnitt ein gelbes Dreieck in die Nacht, dahinter war alles schwarz. Sie hatte gewartet, bis Laura in ihrem Schlafzimmer verschwunden war, dann hatte sie sich auf Zehenspitzen aus dem Haus geschlichen. Und nun radelte sie über das Feld.

Tagsüber war sie den Weg schon oft entlanggefahren – sie kannte jede Kurve, jede Abzweigung –, aber in der Dunkelheit erschien alles fremd. Die Strecke zog sich ins Unendliche.

Ruby war überzeugt, dass sie sich verfahren hatte, als die Lichter der Ranch endlich durch die Finsternis leuchteten. Davor hoben sich die Umrisse der großen Trauerweide ab.

Amir wartete schon auf sie. Er lehnte an dem

Baumstamm und wirkte so relaxed, als würde er jede Nacht in einen Hof einbrechen, um Pferde zu stehlen.

„Hi!" In dem schwachen Licht, das vom Stall zu ihnen herüberdrang, sah sie, wie er sie anlächelte.

„Hoffentlich gibt es hier keine Alarmanlage", sagte sie, während sie ihr Fahrrad in die Büsche am Wegrand schob, in denen auch Amirs Rad versteckt war.

„Im Stall ist eine. Und in Johns Haus. Aber die Paddocks sind nicht gesichert", sagte Amir. „Zumindest war es früher so."

„Okay." Ruby straffte die Schultern. „Sollen wir dann mal?"

Sie schlichen an Johns Bungalow vorbei zu dem Trampelpfad, der am Stall entlang zu den Paddocks führte. Fantasys Verschlag war der letzte in der Reihe. Sie sahen die Stute schon von Weitem, ihr helles Fell schimmerte in der Dunkelheit. Sie stand mit hoch erhobenem Kopf mitten in ihrem Pferch und blickte Ruby und Amir entgegen, als habe sie auf sie gewartet.

„Da ist sie." Rubys Herz schlug schneller, als sie an das Metallgatter traten.

„Hallo, du Schöne", murmelte Amir, während er den Riegel nach oben schob und den Verschlag öffnete. „Machst du einen kleinen Spaziergang mit uns?"

Fantasy wich sofort zurück, als er in den Paddock schlüpfte. Amir blieb stehen, wandte sich leicht ab und senkte den Blick.

Ruby spürte das Misstrauen, mit dem die Stute ihn beobachtete. Und sobald Amir sich wieder in Bewegung setzte, warf sie den Kopf nach oben und stieß ein schrilles Wiehern aus. Sie würde ihn nicht an sich heranlassen, das war Ruby klar.

„Komm wieder raus", flüsterte sie Amir zu.

Als er neben ihr stand, holte sie tief Luft und dann trat sie selbst in den Verschlag.

„Warte, Ruby!", zischte Amir, aber sie drehte sich nicht zu ihm um. Ihre ganze Aufmerksamkeit war auf Fantasy gerichtet.

Die Ohren der Stute waren hoch aufgestellt, sie blickte Ruby wachsam entgegen. Doch sie wich nicht zurück, als Ruby auf sie zukam. Nun streckte Ruby die Hand aus und atmete erleichtert auf, als Fantasy sich nach unten beugte und daran schnupperte.

Amir hatte ein Halfter mitgebracht, das er Ruby jetzt wortlos über die Absperrung reichte. Sie zog es der Schimmelstute über die Ohren und klopfte zärtlich ihren Hals.

„Das machst du toll, Fantasy", sagte sie sanft.

Als sie an Amir vorbeigingen, wurde die Stute wieder nervös. Ruby schmiegte die Wange an ihren Hals, schloss die Augen und spürte, wie sie beide ruhig wurden.

Doch als sie die Augen wieder öffnete, erstarrte sie vor Schreck.

Mitten auf dem Weg, auf dem sie hergekommen waren, stand eine große, schlanke Gestalt.

Langes schwarzes Haar glänzte im Licht der Hofbeleuchtung.

Es war Miyu Tanaka.

12

Willkommen auf der Ocean Ranch!

Es war vorbei. Miyu würde John Hegarty holen und der würde die Polizei alarmieren. Oder sie zumindest nach Hause schicken.

So oder so: Fantasy war verloren.

Obwohl sie wusste, dass es sinnlos war, öffnete Ruby den Mund, um Miyu zu beschwören, ihr zu helfen. Aber sie brachte keinen Ton heraus. Auch Amir sagte kein Wort.

Einige endlose Sekunden lang starrten sie sich einfach nur an. Auch Fantasy stand stocksteif da, als spürte sie die Gefahr, in der sie schwebte.

Dann machte Miyu kehrt und verschwand genauso lautlos in der Dunkelheit, wie sie aufgetaucht war.

„Was war das?" Ruby drehte sich fassungslos zu Amir um, der so verwirrt aussah, wie sie sich fühlte.

„Schnell weg hier!", wisperte er.

Sie brauchten eine Dreiviertelstunde, bis sie die Ocean Ranch erreicht hatten. Die ganze Zeit wartete Ruby darauf, dass Scheinwerfer hinter ihnen aufleuchteten und sich ein Motorengeräusch näherte. Oder ein Martinshorn.

Aber die Nacht blieb still und dunkel. Und je länger sie unterwegs waren, desto fantastischer erschien Ruby die Begegnung mit Miyu. Hatte sie die Trainerin wirklich gesehen oder hatte sie sich das Ganze nur eingebildet?

Vielleicht träume ich das alles nur, schoss es ihr durch den Kopf. In Wirklichkeit liege ich im Bett und schlafe.

Es war ein wunderschöner Traum, mit Fantasy

und Amir durch die Dunkelheit zu gehen. Hoffentlich hört er nie auf, dachte Ruby, aber in diesem Moment blinkte ein warmes Licht durch die Büsche am Wegrand. Sie hatten die Ocean Ranch erreicht.

„Und jetzt?", fragte sie Amir. „Willst du Fantasy hier verstecken?"

Er schüttelte den Kopf. „Ich rede mit Patrice. Warte kurz."

Ruby blieb mit Fantasy am Eingang zur Ranch stehen, Amir rannte über den Hof zum Haus.

Sie hörte, wie Arthur anschlug, dann wurde die Tür geöffnet und sie sah Patrices Gestalt im hellen Viereck auftauchen. Amir und er wechselten ein paar Worte, danach eilten sie beide zu Ruby.

Fantasy rastete aus, als Patrice sich ihr näherte. Sie wieherte und trippelte aufgeregt hin und her, fast hätte sie sich losgerissen.

Patrice zog sich sofort wieder zurück und blieb neben Amir stehen.

„Sie ist total scheu", sagte Amir.

Fantasy starrte die beiden misstrauisch an, während Ruby ihren silberhellen Hals streichelte.

„Kannst du sie in den Stall bringen, Ruby?", fragte Patrice.

„Klar." Sie setzte sich langsam in Bewegung und Fantasy folgte ihr.

Kelly trug ein großes Männer-Shirt und an den Füßen dicke Wollsocken, sie war bereits im Bett gewesen. Jetzt brachte sie ein Tablett mit einer dampfenden Teekanne und vier bunten Bechern ins Wohnzimmer, stellte es auf dem niedrigen Holztisch ab und ließ sich neben Ruby auf dem dunkelroten Samtsofa nieder. Arthur plumpste vor ihnen auf den Boden und schlief sofort ein. So eine Aufregung mitten in der Nacht, das war zu viel für ihn.

„Also, jetzt noch mal von vorn", sagte Kelly, während sie ihre Füße unter den Körper zog. „Was haben die mit Fantasy vor?"

„Das hab ich auch nicht verstanden", sagte Ruby.

„Hegarty will sie auf jeden Fall abstoßen, weil sie ihm nichts mehr bringt", sagte Amir.

„Nachdem er sie auf den Turnieren verheizt hat", ergänzte Patrice.

„Er hat Fantasy gebarrt und geblistert", erinnerte sich Ruby plötzlich. „Das hat mir Grace erzählt."

„Wie bitte?" Patrice hatte sich nach vorn gebeugt, um Tee einzuschenken, nun hielt er mitten in der Bewegung inne und sah sie ungläubig an. „Was für ein Schwein."

„Was bedeutet denn blistern?", fragte Ruby.

„Beim Blistern werden die Pferdebeine mit einer chemischen Substanz eingerieben", erklärte Kelly. „Wenn die Tiere beim Springen die Hindernisse berühren, tut das höllisch weh. Das bringt sie dazu, höher zu springen."

„Das Ganze ist natürlich verboten", fügte Patrice hinzu.

„Können wir Hegarty nicht damit drankriegen?", rief Amir aufgeregt. „Wir sagen ihm, dass wir wissen, dass er blistert. Und wenn er uns Fantasy nicht überlässt, zeigen wir ihn an."

Patrice runzelte die Stirn. „Wir haben aber leider keine Beweise. Ich bezweifle, dass sich die Substanz jetzt noch nachweisen lässt. Das Turnier war ja schon am Samstag."

„Die Idee ist trotzdem nicht schlecht", sagte Kelly. „John Hegarty hat so viel Dreck am Stecken. Wir sollten versuchen, ihn unter Druck zu setzen."

„Ich weiß nicht." Patrice streckte die Beine aus, während er seinen Tee trank. „Der Typ ist verdammt gerissen."

„Das sind wir auch." Kelly nagte einen Moment lang an ihrer Unterlippe. „Was genau wissen wir?"

Ruby schloss kurz die Augen und versuchte, sich an jedes Detail der belauschten Unterhaltung zu erinnern. „Der Typ will Fantasy morgen abholen. Und er heißt Tony."

„Er muss ein Händler sein", murmelte Kelly. „Er will sie für neuntausend Pfund verkaufen."

„Aber alles in allem wollen sie viel mehr Geld mit ihr verdienen", ergänzte Amir. „Nur wie?"

„Sie haben das Ganze schon mal gemacht", fiel Ruby plötzlich ein. „Das Pferd hieß Joker. Damals haben sie vierundzwanzigtausend bekommen, obwohl Joker einen Sehnenschaden hatte."

„Okay", sagte Kelly langsam.

„Okay was?", fragte Patrice misstrauisch.

Kelly lächelte. „Ich ruf Hegarty jetzt an."

„Jetzt?", rief Ruby. „Es ist Viertel nach zwölf. Der schläft doch bestimmt schon."

„Na, umso besser." Kelly schnappte sich ihr Smartphone und suchte im Netz nach der Telefonnummer.

Sie stellte das Handy auf laut, sodass alle das Tuten hörten, das nach dem Wählen erklang. Es dauerte eine ganze Weile, bis Hegarty dranging.

„Hallo?" Seine Stimme klang benommen.

„Hi", sagte Kelly fröhlich. „Ich wollte nur Bescheid geben, dass Fantasy hier bei uns ist."

„Was? Wer spricht denn da?"

„Das ist jetzt nicht so wichtig", erwiderte Kelly. „Wir werden die Stute erst mal behalten."

„Sag mal, soll das ein Scherz sein?" Sie hörten, wie Hegarty aufstand. Es raschelte im Apparat, dann ging eine Tür auf und ein Schlüsselbund klimperte. Nach ein paar Sekunden knirschten Schritte auf Kies. Offensichtlich ging Hegarty nach draußen, um nachzusehen, ob Fantasy wirklich weg war.

Kelly legte das Handy auf den Tisch und lehnte sich entspannt zurück. Die anderen hielten den Atem an, bis Hegartys Stimme wieder aus dem Telefon drang.

„Verdammter Scheißdreck!", keuchte er in den Hörer. „Ich ruf die Polizei."

„Bitte, gerne." Kelly nahm das Telefon wieder auf. „Bei der Gelegenheit können Sie gleich Selbstanzeige erstatten. Das bringt mildernde Umstände."

„Was willst du eigentlich von mir?" Sie hörten, wie John sich eine Zigarette anzündete.

„Wir wissen, was Sie für schmutzige Geschäfte mit Ihrem Freund Tony treiben", sagte Kelly. „Der Deal mit Joker, vierundzwanzigtausend Pfund für ein Pferd mit Sehnenschaden. Außerdem haben wir an Fantasys Beinen Spuren von Capsaicin gefunden. Sie wurde geblistert."

„Ich hab keine Ahnung, wovon du ..."

„Das alles bringt Sie vielleicht nicht in den Knast", unterbrach ihn Kelly. „Aber wenn die Polizei erst mal in der Sache rumstochert, findet sie bestimmt noch mehr. Womöglich müssen Sie nach einem solchen Skandal sogar Ihren schönen Reiterhof schließen."

John Hegarty blies hörbar den Rauch aus. „Das ist doch lächerlich", sagte er.

„Das finde ich ganz und gar nicht." Kelly legte auf. Danach ließ sie sich nach hinten fallen und schloss die Augen. „Was für ein Mistkerl", stöhnte sie.

„Wenn Hegarty die Polizei ruft, stehen die spätestens morgen hier auf der Matte", sagte Amir. „Miyu Tanaka hat uns vorhin gesehen."

„Was?" Kelly machte die Augen wieder auf. „Und das erzählst du uns erst jetzt?"

„Ist doch egal", erwiderte Patrice ruhig. „Sollen sie kommen. Wir haben das Richtige getan. Fantasy ist erst mal in Sicherheit. Und Hegarty weiß, was Sache ist. Die Stute bleibt so lange hier, bis sie mich zwingen, sie wieder zurückzubringen." Nun erhob er sich. „Schluss für heute. Ihr müsst ins Bett und wir auch. Ich fahr euch nach Hause. Und morgen sehen wir weiter."

Den ganzen Samstagmorgen hatte es geregnet, aber jetzt schien die Sonne. Sie strahlte auf die Ocean Ranch herab, als wollte sie das miese Wetter wiedergutmachen. Quer über die Pferdeweide zog sich ein leuchtender Regenbogen.

„Passend zum Fest", sagte Ruby und streckte Fantasy ein Möhrenstück hin.

Die Stute schnappte mit weichen Lippen danach und zermalmte es zwischen den Zähnen. Ihre Ohren spielten. Sie war nun schon fünf Tage auf der Ocean Ranch. Den ersten hatte sie noch im Stall verbracht, aber seit Mittwoch stand sie mit den anderen Pferden auf der Koppel.

„Hier steckst du!" Amir bog soeben um die Stallecke. „Hab dich schon überall gesucht."

„Was gibt's denn?", fragte Ruby.

„Patrice will mit uns sprechen. Kommst du?"

Der Hof war voller Menschen, die miteinander quatschten, lachten, aßen und tranken. Ein paar tanzten sogar zu der schwungvollen Swingmusik der kleinen Band, die sich vor dem Stall aufgebaut hatte.

Simon, Amanda und Madeleine schenkten an einem Stand Kaffee und Limonade aus. Tante Leslie verkaufte ihren selbst gebackenen Kuchen und Muffins. Laura saß mit Rubys Großeltern an einem der langen Tische, die mit Blumen und bunten Girlanden geschmückt waren.

Die Stimmung war super.

Patrice lehnte mit verschränkten Armen an der Wand der Sattelkammer und wirkte wie ein Fremder auf seinem eigenen Hof. Feste waren wohl nicht sein Ding. Aber als er Ruby und Amir

sah, leuchteten seine Augen auf.

„Gute Neuigkeiten", sagte er. „Derek hat sich gerade gemeldet. Hegarty hat unser Angebot angenommen. Er wird Fantasy verkaufen."

„Hurra!" Ruby strahlte übers ganze Gesicht und klatschte sich mit Amir ab.

Derek war Patrices Freund und auch sein Anwalt. Am Morgen nach Fantasys Entführung hatte er John Hegarty angerufen und ihm ein anonymes Kaufangebot gemacht. Und wider Erwarten war der Stallbesitzer nun darauf eingegangen.

„Wie viel musst du für sie bezahlen?", fragte Amir.

„Tausendfünfhundert." Patrice zuckte mit den Schultern. „Das ist natürlich ein Witz für ein Pferd wie Fantasy. Aber ich hab auch nicht mehr."

„John tobt bestimmt vor Wut", sagte Ruby.

„Das mit Fantasy ist sein kleinstes Problem." Kelly war zu ihnen getreten und legte ihren Arm um Patrices Hüfte. „Inzwischen ist nämlich rausgekommen, was Hegarty und dieser Tony mit Joker gemacht haben."

„Das ist der Hammer", sagte Patrice. „Sie haben ihn zu einem relativ niedrigen Preis verkauft, ohne den Sehnenschaden zu erwähnen. Nach ein paar Wochen fing Joker an zu lahmen. Nun wollte der neue Besitzer ihn natürlich nicht mehr haben. Aus Kulanzgründen", bei diesen Worten malte Patrice Anführungszeichen in die Luft, „hat Tony sich bereit erklärt, Joker zurückzunehmen. Für die Hälfte des Kaufpreises. Joker bekam eine Auszeit, bis er nicht mehr hinkte, und dann ging es zur nächsten Auktion. Und jedes Mal haben sie an ihm verdient."

„Und was ist aus Joker geworden?", fragte Amir.

„Er steht jetzt auf einem Gnadenhof in Wales", sagte Kelly. „Er hat Glück gehabt, dass er nicht gleich eingeschläfert worden ist. Mit Fantasy hatten sie dasselbe vor. Sie wäre wieder und wieder verscherbelt worden."

„Bis sie ihre dreißigtausend Pfund zusammengehabt hätten", sagte Ruby.

„Oder mehr." Kelly zog eine Grimasse.

„Wie hat Derek das alles in so kurzer Zeit rausgekriegt?", fragte Amir.

„Tja, es gibt eine Zeugin, die Hegarty und diesen Tony angezeigt hat." Patrice rieb versonnen seinen Bart. „Mit der hat er gesprochen."

„Eine Zeugin?" Ruby dachte an die schlanke Gestalt mit den glänzenden schwarzen Haaren, die Montagnacht plötzlich vor ihnen auf dem Pfad gestanden hatte.

„Miyu Tanaka", sagte Amir im selben Moment.

„Ganz genau. Die Trainerin hat ausgepackt." Patrice trat hinter Kelly und legte beide Arme um sie. „Das hätte ich ihr gar nicht zugetraut."

„So kann man sich täuschen", meinte Kelly.

Ruby musste plötzlich an Grace denken. Sie hatte jetzt nicht nur ihr Pferd, sondern auch ihre Reitlehrerin verloren. Rubys Mitleid hielt sich allerdings sehr in Grenzen.

„Ich muss mich dann mal um unsere Gäste kümmern", sagte Kelly. „Kommst du mit, Amir? Ich brauche jemanden, der mir am Grill hilft." Sie zog Amir mit sich und Ruby blieb mit Patrice zurück.

Sie fühlte sich plötzlich sehr unbehaglich und hatte das Gefühl, dass es ihm genauso ging. Er verlagerte sein Gewicht von einem Bein auf das andere.

„Ich hab angefangen, mit Fantasy zu arbeiten", begann er, ohne sie dabei anzusehen. „Aber ich komm nicht so recht weiter."

Ruby zuckte mit den Schultern. „Es dauert eben." Sie fragte sich, worauf er hinauswollte.

„Würdest du mir helfen, Ruby?", fragte er.

„Ich? Aber ich hab keine Ahnung vom Pferdeflüstern, das weißt du doch."

„Du hast Ahnung von Fantasy", sagte Patrice. „Sie vertraut dir. Was ist? Gibst du mir noch eine Chance?"

Sie legte den Kopf schief. „Nur, wenn ich auch mal reiten darf."

Er lächelte und streckte ihr die Hand hin. „Willkommen auf der Ocean Ranch, Ruby."

„Die Ocean Ranch gefällt mir richtig gut", sagte Laura, als sie am Abend zu dritt über die Felder nach Hause spazierten. Am Horizont ging langsam die Sonne unter und tauchte den Himmel in ein dramatisches rotes Licht. „Also, ich bin total froh, dass du jetzt dort reiten willst."

„Ich auch", erklärte Leslie. „Wer hätte gedacht, dass Mr Hegarty so ein fieser Mistkerl ist!"

Gerade hatte Ruby ihnen nämlich die ganze Geschichte erzählt – nur das nächtliche Abenteuer hatte sie ausgelassen. Alles mussten ihre Mutter und ihre Tante ja nun auch nicht wissen.

„Patrice meint, dass John Hegarty wahrscheinlich mit einer Geldstrafe davonkommt", sagte Ruby. „Ist ja *nur* Tierquälerei und Betrug."

„Die Welt ist ungerecht", seufzte Leslie.

„Aber schön." Laura blieb stehen und blickte auf die weißen Klippen, hinter denen das Meer golden leuchtete.

Ruby stellte sich vor, wie sie mit Amir den Strand entlanggaloppierte. Vielleicht würde sie auch erst mal nur dort unten spazieren gehen, mit Fantasy am Halfter.

Was auch immer kam, es würde spannend werden. Sie konnte es kaum erwarten.

Wissen für Pferdeflüsterer-Mädchen

Die Miene des Pferdes richtig deuten
So spricht dein Pferd mit dir:

Pferde können nicht sprechen? Können sie doch! Als Herdentiere haben sie über Jahrhunderte hinweg ihre eigene Körpersprache entwickelt. Allein ihre Miene verrät dir eine ganze Menge über ihre Gefühle. Schau mal genau hin:

Die Ohren

Locker nach vorn gerichtete Ohren signalisieren freundliche Aufmerksamkeit. Sind die Ohren und der Blick jedoch starr auf etwas fixiert, ist dein Pferd nervös und angespannt.

Spielende Ohren zeigen neugieriges Interesse, hektisch zuckende Ohren bedeuten dagegen, dass dein Pferd beunruhigt ist. Irgendwas in seiner Umgebung ist ihm nicht geheuer …

Dein Pferd presst die Ohren eng nach hinten, das Maul ist angespannt und die Nüstern sind gekräuselt? Alarmstufe Rot! Das Tier ist aggressiv oder es hat große Angst.

Die Augen

Entspannte Pferde haben einen ruhigen, offenen Blick oder sie dösen mit halb geschlossenen Augen vor sich hin.

Ein Pferd, das Angst hat, reißt seine Augen weit auf. Manchmal kann man sogar einen weißen Rand um die Iris sehen.

Die sogenannte Sorgenfalte, bei der sich das

Lid dreieckig nach oben zieht, ist ein Anzeichen für Stress und Unwohlsein.

Sind die Augen deines Pferdes trüb und nach innen gekehrt, hat es vielleicht Schmerzen. Beobachte es ganz genau und lass es im Zweifel von einem Tierarzt untersuchen.

Das Maul

Kannst du die Unterlippe deines Pferdes mit dem Finger leicht hin und her bewegen? Dann ist auch der Rest des Pferdes locker und relaxed.

Geblähte Nüstern signalisieren, dass dein Pferd aufmerksam und interessiert ist. Aber wenn die Lippen und die Kaumuskulatur dabei angespannt sind, bereitet sich das Tier womöglich auf eine Flucht vor. Manche Pferde atmen dann so laut, dass sie schnorchelnde Geräusche von sich geben.

Streckt dein Pferd Hals und Kopf nach oben und zieht die Oberlippe hoch, sodass Zähne und Zahnfleisch sichtbar werden, dann *flehmt* es. Das bedeutet, dass es einen interessanten Geruch in der Nase hat, den es gerne genauer untersuchen möchte.

© Sibylle Pietrek

Obwohl Gina Mayer schon viele Bücher über Pferde geschrieben hat, traut sie sich selbst nicht in den Sattel. Sie setzt sich aber gerne vor der Weide ins Gras, trinkt eine Tasse englischen Tee mit Milch und lässt sich von den Pferden ihre Geheimnisse zuflüstern.